suhrkamp taschenbuch 3133

Eine Nacht im April 1933. Aus mysteriösen Gründen begehen zwei junge Eheleute in ihrer Pariser Wohnung Selbstmord. In dieser Nacht haben sie die Bekanntschaft zweier Frauen und zweier Männer gemacht, ein Tanzlokal und später ein Haus mit einem roten Aufzug besucht.

Jahrzehnte später denkt der Erzähler über diese Geschichte nach, an der – so scheint es – auch Weggefährten seines Lebens beteiligt waren. Er begibt sich auf die Spur jener aus seinem Leben verschwundenen Gestalten, stößt auf unvermutete Zusammenhänge, vertauschte Realitäten.

War jener geheimnisvolle Pacheco seiner Studentenzeit etwa mit dem Verfolgten Philippe de Bellune identisch oder – im Gegenteil – gar der Nazi-Kollaborateur Charles Lombard?

Silhouetten, Begegnungen, Namen. Beweise und Indizien, mit denen sich der Erzähler selbst von der Existenz dieser Leute und Schauplätze zu überzeugen sucht. Vor allem aber die Stadt Paris durchwandert – zu Fuß und im Kopf.

Patrick Modiano, 1945 geboren, erhielt 1978 den Prix Goncourt. Er lebt in Frankreich.

Patrick Modiano
Ruinenblüten

Roman

Aus dem Französischen von
Andrea Spingler

Suhrkamp

Die Originalausgabe erschien 1991
unter dem Titel *Fleurs de ruine*
bei Éditions du Seuil, Paris.

Umschlagfoto: Mimmo Jodice.
Trocadero, Paris (Ausschnitt), 1993/94.

Deutsche Erstausgabe
suhrkamp taschenbuch 3133
Erste Auflage 2000

Druck: Nomos Verlagsgesellschaft, Baden-Baden
Printed in Germany
Umschlag nach Entwürfen von
Willy Fleckhaus und Rolf Staudt

1 2 3 4 5 6 – 05 04 03 02 01 00

Ruinenblüten

Für Zina
Für Marie
Für Douglas

Eine alte Klatschbase
Ein grauer Postillon
Ein glotzender Esel
Ein Brunnenseil
Lilien und Rosen
In einem Senftopf
So sieht der Weg aus
Der nach Paris führt.
Lamartine

An diesem Sonntag abend im November war ich in der Rue de l'Abbé-de-l'Épée. Ich ging an der großen Mauer der Taubstummenanstalt entlang. Links erhebt sich der Turm der Kirche Saint-Jacques-du-Haut-Pas. Ich hatte ein Café an der Ecke der Rue Saint-Jacques in Erinnerung, wo ich einkehrte, nachdem ich im Studio des Ursulines bei einer Filmvorführung gewesen war.

Auf dem Gehsteig welkes Laub. Oder die verkohlten Seiten eines alten Gaffiot-Wörterbuchs. Das ist das Viertel der Schulen und Klöster. Einige altertümliche Namen kamen mir wieder ins Gedächtnis: Estrapade, Contrescarpe, Tournefort, Pot-de-Fer ... Es machte mich beklommen, durch Gegenden zu gehen, in die ich seit der Zeit, als ich achtzehn war und ein Gymnasium der Montagne-Sainte-Geneviève besuchte, keinen Fuß mehr gesetzt hatte.

Es kam mir so vor, als wären die Orte in dem Zustand geblieben, in dem ich sie Anfang der sechziger Jahre zuletzt gesehen hatte, und als wären sie zu jener Zeit, vor mehr als fünfundzwanzig Jahren, verlassen worden. In der Rue Gay-Lussac – jener stillen Straße, wo man einst Pflastersteine herausgerissen und Barrikaden errichtet hatte – war die Tür eines Hotels zugemauert, und die meisten Fenster hatten keine Scheiben mehr. Doch das Schild war noch immer an der Hauswand befestigt: Hôtel de l'Avenir, Hotel der Zukunft. Welche Zukunft? Die bereits vergangene eines Studenten der dreißiger Jahre, der nach dem Abschluß der École normale supérieure ein kleines Zimmer dieses Hotels mietete und am Samstag abend seine ehemaligen Kommilitonen dorthin einlud. Und man ging um den Häuserblock, um im Studio des Ursulines einen Film zu sehen. Ich stand vor dem Gittertor und dem weißen Haus mit den Fensterläden, das im Erdgeschoß das Kino beherbergt. Die Eingangshalle war erleuchtet. Ich hätte bis zum Val-de-Grâce gehen können, in diese friedliche Gegend, wo Jacqueline und ich uns versteckt hatten, damit der Marquis keine Chance mehr haben sollte, ihr zu begegnen. Wir wohnten in einem Hotel am Ende der Rue Pierre-Nicole. Wir lebten von dem Geld, das Jacqueline der Verkauf ihres Pelzmantels eingebracht hatte. Die sonnenbeschienene Straße am Sonntag nachmittag. Die Ligusterbüsche des kleinen Backsteinhauses gegenüber dem Collége Sévigné. Efeu überwucherte die Balkone des Hotels. Der Hund schlief im Hausflur.

Ich kam in die Rue d'Ulm. Sie war wie ausgestorben. Ich sagte mir zwar, dies sei an einem Sonntagabend in diesem strebsamen und provinziellen Viertel nichts Ungewöhnliches, dennoch fragte ich mich, ob ich noch in

Paris war. Vor mir die Kuppel des Panthéon. Ich hatte Angst, so ganz allein im Mondlicht am Fuß dieses Grabmals zu stehen, und bog in die Rue Lhomond ein. Vor dem Collège des Irlandais blieb ich stehen. Eine Glocke schlug achtmal, vielleicht die der Kongregation vom Heiligen Geist, deren massive Fassade zu meiner Rechten aufragte. Noch ein paar Schritte, und ich stieß auf die Place de l'Estrapade. Ich suchte die Nummer 26 der Rue des Fossés-Saint-Jacques. Ein modernes Mietshaus, da, vor mir. Das alte Haus war sicher schon vor zwanzig Jahren abgerissen worden.

24. April 1933. Zwei junge Eheleute begehen aus mysteriösen Gründen Selbstmord.

Eine sehr seltsame Geschichte ist es, die sich im Lauf der vorausgegangenen Nacht im Haus Nr. 26 der Rue des Fossés-Saint-Jacques, nahe dem Panthéon, bei Monsieur und Madame T. abgespielt hat.

Urbain T., ein junger Ingenieur, Erster beim Abschlußexamen der Chemischen Hochschule, hatte drei Jahre zuvor Gisèle S. geheiratet, sechsundzwanzig Jahre alt, ein Jahr älter als er. Madame T. war eine hübsche Blondine, groß und schlank. Ihr Mann war der Typ des gutaussehenden dunkelhaarigen Burschen. Das Paar war im Juli des Vorjahres im Erdgeschoß der Rue des Fossés-Saint-Jacques Nr. 26 in eine von ihnen zur Wohnung umgebaute Werkstatt eingezogen. Die jun-

gen Eheleute verstanden sich sehr gut. Ihr Glück schien von keiner Sorge getrübt.
Am Samstag abend beschloß Urbain T., mit seiner Frau essen zu gehen. Beide verließen gegen neunzehn Uhr ihre Wohnung. Zurückkehren sollten sie erst gegen zwei Uhr morgens in Begleitung zweier Paare, Zufallsbekanntschaften. Durch den unüblichen Radau, den sie machten, hielten sie ihre Nachbarn wach, die an ein so geräuschvolles Auftreten seitens normalerweise sehr zurückhaltender Mieter nicht gewöhnt waren. Das Fest nahm zweifellos unerwartete Wendungen.
Gegen vier Uhr morgens brachen die Gäste auf. Im Lauf der nun folgenden stillen halben Stunde ertönten zwei dumpfe Schläge. Um neun Uhr kam eine Nachbarin, die ausgehen wollte, an der Tür der T.s vorbei. Sie hörte Stöhnen. Plötzlich erinnerte sie sich der nächtlichen Schüsse, beunruhigt klopfte sie an die Tür. Diese ging auf, und Gisèle T. erschien. Aus einer Wunde, die unter der linken Brust zu sehen war, sickerte Blut. Sie flüsterte: »Mein Mann! Mein Mann! Tot.« Kurz danach traf Polizeikommissar Magnan ein. Gisèle T. lag stöhnend auf dem Sofa. Im Nebenzimmer entdeckte man den Leichnam ihres Mannes. Er hielt noch einen Revolver in der geballten Hand. Er hatte sich eine Kugel ins Herz geschossen.
Neben ihm ein hingekritzelter Brief: »Meine Frau hat

sich umgebracht. Wir waren betrunken. Ich bringe mich um. Suchen Sie nicht ...«

*

Den Ermittlungen zufolge scheinen Urbain und Gisèle T. nach dem Essen in einer Bar von Montparnasse gelandet zu sein. Neulich abends bin ich von der Rue des Fossés-Saint-Jacques bis zu der Kreuzung gegangen, an der das Dôme und die Rotonde liegen, nachdem ich die dunklen Gärten des Observatoriums hinter mir gelassen hatte. Die T.s mußten in jener Nacht des Jahres 1933 dem gleichen Weg gefolgt sein. Ich war überrascht, mich an einem Ort wiederzufinden, den ich seit den sechziger Jahren gemieden hatte. Wie die Ursulines-Gegend gemahnte mich auch das Montparnasse-Viertel an Dornröschens Schloß. Mit zwanzig Jahren, als ich für ein paar Nächte in einem Hotel der Rue Delambre wohnte, hatte ich den gleichen Eindruck gehabt: schon damals schien mir Montparnasse ein Viertel zu sein, das sich selbst überlebt hatte und, weit entfernt von Paris, langsam vor sich hin moderte. Wenn es in der Rue d'Odessa oder der Rue du Départ regnete, kam ich mir vor wie in einem bretonischen Hafen bei Nieselwetter. Aus dem Bahnhof, der noch nicht zerstört war, entwichen

Schwaden von Brester und Lorienter Luft. Das Fest war hier schon lange vorbei. Ich erinnere mich, daß das Schild des ehemaligen Jimmy's noch an der Hauswand in der Rue Huyghens hing und daß zwei oder drei Buchstaben fehlten, die der Seewind davongeblasen hatte.
Es war das erste Mal – den Zeitungen vom April 1933 zufolge –, daß das junge Ehepaar ein Nachtlokal in Montparnasse betrat. Hatten sie während des Essens ein wenig zuviel getrunken? Oder wollten sie einfach einen Abend lang den ruhigen Lauf ihres Lebens unterbrechen? Ein Zeuge versicherte, sie gegen zweiundzwanzig Uhr im Café de la Marine, einem Tanzlokal am Boulevard Raspail Nr. 243, gesehen zu haben; ein anderer, im Kabarett Les Isles in der Rue Vavin, in Begleitung zweier Frauen. Die Polizisten zeigten ihre Fotos, um Zeugenaussagen zu bekommen, die allerdings mit Vorsicht zu genießen waren, denn es gab viele blonde Mädchen und dunkelhaarige junge Männer wie Urbain und Gisèle T. Einige Tage lang hatte man versucht, die beiden Paare zu identifizieren, die die T.s nach Hause in die Rue des Fossés-Saint-Jacques mitgenommen hatten, dann waren die Ermittlungen eingestellt worden. Gisèle T. hatte, bevor sie ihren Verletzungen erlag, sprechen können, doch ihre Erinnerungen waren ungenau. Ja, sie hatten in Montparnasse zwei Frauen getroffen, zwei Unbekannte, über die sie nichts

wußte ... Und die hatten sie nach Le Perreux mitgenommen, in ein Tanzlokal, wo sich ihnen zwei Männer angeschlossen hatten. Dann waren sie in ein Haus gegangen, wo es einen roten Aufzug gab.

An diesem Abend folge ich ihrer Spur in einem trostlosen Viertel, das der Montparnasse-Turm in Trauer hüllt. Tagsüber verdeckt er die Sonne und wirft seinen Schatten auf den Boulevard Edgar-Quinet und die angrenzenden Straßen. Ich lasse die Coupole hinter mir, die offenbar unter einer Betonfassade erdrückt werden soll. Es fällt mir schwer zu glauben, daß Montparnasse einmal ein Nachtleben hatte ...

Zu welcher Zeit genau habe ich in diesem Hotel der Rue Delambre gewohnt? Um das Jahr 1965, als ich Jacqueline kennengelernt habe, kurz vor meiner Abreise nach Österreich, nach Wien.

Das Zimmer neben meinem war von einem etwa fünfunddreißigjährigen Mann belegt, einem Blonden, dem ich auf dem Flur begegnete und mit dem ich schließlich Bekanntschaft schloß. Sein Name? Etwas wie Devez oder Duvelz.

Er war immer sehr sorgfältig gekleidet und trug einen Orden im Knopfloch. Mehrmals hatte er mich auf ein Glas eingeladen, in eine Bar ganz nah beim Hotel, das Rosebud. Ich wagte nicht abzulehnen. Er schien entzückt von diesem Ort.

»Es ist angenehm hier ...«

Er hatte eine gepflegte Aussprache, die eines jungen Mannes aus guter Familie. Er erzählte mir, er sei über drei Jahre »in den Dschebels« gewesen und habe sich dort diesen Orden verdient. Aber der Algerienkrieg habe ihn angewidert. Er habe viel Zeit gebraucht, um sich davon zu erholen. Er werde demnächst die Nachfolge seines Vaters an der Spitze eines großen Textilunternehmens im Norden antreten.

Sehr schnell hatte ich gemerkt, daß er mir nicht die Wahrheit sagte: über dieses »Textilunternehmen« äußerte er sich nur vage. Und er widersprach sich, denn eines Tages versicherte er mir, er habe direkt vor seiner Abreise nach Algerien die Militärakademie von Saint-Maixent abgeschlossen, am nächsten Tag aber, er habe sein gesamtes Studium in England absolviert. Manchmal wich seine gepflegte Aussprache dem Mundwerk eines Straßenhändlers.

Ich mußte wohl an diesem Sonntag abend in Montparnasse spazierengehen, damit dieser Duvelz – oder Devez – plötzlich aus dem Nichts auftauchte. Eines Tages, ich erinnere mich, waren wir uns in der Rue de Rennes begegnet, und er hatte mir in einem der Cafés an der tristen Kreuzung Saint-Placide ein kleines Bier – ein *bock*, wie er sagte – spendiert.

Das Cabaret Les Isles in der Rue Vavin, wo man die Anwesenheit des Paares bemerkt haben soll, befand sich im Untergeschoß von Les Vikings. Die skandinavische Atmosphäre und die helle Holztäfelung im Les Vikings bildeten einen Kontrast zu diesem Schwarzenlokal. Man brauchte nur die Treppe hinunterzugehen: von den norwegischen Cocktails und Vorspeisen des Erdgeschosses geriet man mitten in die karibischen Tänze. Trafen die T.s dort die beiden Frauen? Ich habe das Gefühl, daß es im Café de la Marine war, am Boulevard Raspail, Richtung Denfert-Rochereau. Ich erinnere mich an die Wohnung, in die Duvelz Jacqueline und mich mitgenommen hatte, am Anfang eben dieses Boulevard Raspail. Auch diesmal hatte ich seine Einladung nicht abzulehnen gewagt. Fast eine Woche lang hatte er darauf gedrungen, daß wir beide an einem Samstagabend zu einer Freundin von ihm kämen, die er uns gern vorstellen wollte.

Sie machte uns die Tür auf, und im Halbdunkel des Vestibüls konnte ich ihr Gesicht nicht besonders gut erkennen. Der große Salon, den wir betraten, verblüffte mich durch seinen Luxus, der keineswegs dem kleinen Zimmer von Duvelz in der Rue Delambre entsprach. Er war da. Er stellte uns vor. Ich habe ihren Namen vergessen: eine Brünette mit regelmäßigen Zügen, ihre eine Wange war in Höhe der Backenknochen von einer langen Narbe durchschnitten.

Jacqueline und ich saßen auf dem Sofa. Duvelz und die Frau in den Sesseln uns gegenüber. Sie mußte genauso alt sein wie Duvelz: fünfunddreißig. Sie betrachtete uns neugierig.
»Findest du nicht, daß sie reizend sind, die beiden?« sagte Duvelz mit seiner gepflegten Aussprache.
Sie sah uns unverwandt an. Sie fragte uns:
»Wollen Sie etwas trinken?«
Es war eine Verlegenheit zwischen uns. Sie servierte uns Portwein.
Duvelz trank einen großen Schluck.
»Entspannen sie sich,« sagte er. »Sie ist eine alte Freundin ...«
Sie warf uns ein schüchternes Lächeln zu.
»Wir waren sogar verlobt. Aber sie hat einen anderen heiraten müssen ...«
Sie zuckte nicht mit der Wimper. Sie blieb sehr aufrecht im Sessel, das Glas in der Hand.
»Ihr Mann verreist oft ... Wir könnten es ausnutzen und alle vier ausgehen ... Was sagen Sie dazu?«
»Wohin?« fragte Jacqueline.
»Wohin Sie wollen ... Wir brauchen aber gar nicht auszugehen.«
Er zuckte mit den Schultern.
»Hier ist es auch gut ... Nicht?«
Sie hielt sich noch immer sehr gerade in ihrem Sessel.

Sie zündete eine Zigarette an, vielleicht um ihre Nervosität zu verbergen. Duvelz nahm wieder einen Schluck Portwein. Er stellte sein Glas auf dem niedrigen Tisch ab. Er stand auf und ging zu ihr hin.
»Sie ist hübsch, nicht?«
Er legte den Zeigefinger auf die Narbe an ihrer Wange. Dann knöpfte er ihre Bluse auf und streichelte ihre Brüste. Sie rührte sich nicht.
»Wir haben seinerzeit einen sehr schweren Autounfall zusammen gehabt«, sagte er.
Mit einer heftigen Bewegung schob sie seine Hand weg. Dann lächelte sie uns wieder an.
»Sie werden Hunger haben ...«
Sie hatte eine tiefe Stimme und einen ganz leichten Akzent, so schien mir.
»Kannst du mir helfen das Essen hereinzubringen?« sagte sie ziemlich schroff zu ihm.
»Natürlich.«
Sie standen beide auf.
»Es gibt eine kalte Mahlzeit«, sagte sie. »Ist Ihnen das recht?«
»Ja, sehr«, sagte Jacqueline.
Er faßte die Frau um die Schultern und zog sie aus dem Salon. Er streckte noch einmal den Kopf zur Tür herein.
»Trinken Sie gern Champagner?«

Er hatte seine gepflegte Aussprache verloren.

»Sehr gern«, sagte Jacqueline.

»Bis gleich.«

Wir blieben ein paar Minuten allein im Salon, und ich strenge mein Gedächtnis an, um so viele Einzelheiten wie möglich zusammenzubringen. Die Fenstertüren, die auf den Boulevard hinausgingen, waren wegen der Hitze einen Spaltbreit geöffnet. Es war am Boulevard Raspail Nr. 19. Im Jahr 1965. Ganz im Hintergrund des Zimmers ein Flügel. Das Sofa und die beiden Sessel waren aus dem gleichen schwarzen Leder. Der niedrige Tisch aus silberfarbenem Metall. Ein Name wie Devez oder Duvelz. Die Narbe auf der Wange. Die aufgeknöpfte Bluse. Das grelle Licht eines Scheinwerfers oder eher einer Taschenlampe. Es erhellt nur einen Ausschnitt der Szenerie, einen isolierten Moment, und läßt das übrige im Schatten, denn wir sollten nie erfahren, wie es weiterging und wer die beiden Personen eigentlich waren.

Wir schlichen uns aus dem Salon und liefen, ohne auch nur die Tür zuzumachen, die Treppe hinunter. Vorher hatten wir den Aufzug genommen, aber er war nicht rot wie der, von dem Gisèle T. gesprochen hatte.

*

Die Zeugenaussage eines Kellners, der in einem Restaurant und Tanzlokal von Le Perreux arbeitete, erscheint in jenem April 1933 auf der Titelseite eines Abendblatts. Der Artikel ist folgendermaßen überschrieben:

GESUCHT WERDEN DIE BEIDEN PAARE,
DIE DIE NACHT IN DER WOHNUNG
DES JUNGEN CHEMIKERS
UND SEINER FRAU VERBRACHTEN

Auf dem Polizeikommissariat des Bezirks Val-de-Grâce hören wir, obwohl sich wegen des Doppelselbstmords jedes gerichtliche Vorgehen erübrigt, daß das junge Paar nicht nur in Montparnasse gewesen sein soll, sondern auch an der Marne, in Le Perreux; und daß sie nicht zwei Frauen mit zu sich genommen hatten, sondern zwei Frauen und zwei Männer ... Die Nachforschungen, die angestellt wurden, um diese vier Personen zu finden, sind bisher ohne Ergebnis geblieben.

In der Hoffnung, ein paar wichtige Einzelheiten über die Minuten in Erfahrung zu bringen, die dem Drama vorausgingen, begaben wir uns nach Le Perreux.

In einem Tanzlokal des Quai de l'Artois erinnert man sich genau an die beiden jungen Leute.

»Sie kamen gegen zehn Uhr«, erklärt der Kellner, der sie bediente. »Sie waren allein, sie sehr hübsch, sehr blond, sehr schlank ... Sie saßen dort, unter dem Balkon. Ob sie die Bekanntschaft derjenigen gemacht haben, die sie dann einladen sollten? Ich habe es nicht bemerkt. Samstag abends sind um diese Jahreszeit viele Leute da. Sie schienen mir damals nicht besonders fröhlich. Jedenfalls erinnere ich mich, daß sie um halb zwölf Uhr ihre Rechnung bezahlt haben.«

Man kann diese Zeugenaussage kaum in Betracht ziehen, denn sie geht davon aus, daß die T.s allein und auf eigene Initiative nach Le Perreux gekommen seien. Alles, was man über ihr Leben in dem ruhigen Viertel der Rue des Fossés-Saint-Jacques weiß, gibt aber Anlaß zu glauben, daß sie nicht die Gewohnheit hatten, Samstag abends die Tanzlokale an der Marne aufzusuchen. Nein, es sind die beiden unbekannten Frauen von Montparnasse, die sie an jenem Abend mit nach Le Perreux genommen haben, wie Gisèle T. selbst angedeutet hatte. Und man fragt sich, warum der Kellner eine solche Aussage gemacht hat: Verwechselte er sie mit anderen Personen? Wahrscheinlicher ist, daß er diejenigen vor der Neugier der Untersuchungsbeamten schützen wollte, in deren Begleitung er die T.s gesehen hatte, zwei Frauen und zwei Männer, zweifellos Stammgäste des Lokals. Die beiden Unbekannten von Montparnasse kannten die beiden Männer. Aber wo – so fragte man sich in dem Artikel – mochte nur das Haus mit dem roten Aufzug sein, von dem Gisèle T. gesprochen hatte?

*

Als sie aus dem Café de la Marine kamen, haben die T.s und die beiden Unbekannten vielleicht ein Taxi genommen. Doch kein Taxifahrer hat am Tag nach dem Drama den Ermittlungsbeamten gegenüber angegeben, er habe vier Kunden nach Le Perreux gefahren. Und keiner hat ausgesagt, er habe um zwei Uhr morgens irgendwelche Paare von Le Perreux in die Rue des Fossés-Saint-Jacques Nr. 26 gebracht.

Zu jener Zeit fuhr man in Paris vom Bastille-Bahnhof oder von der Gare de l'Est aus nach Nogent-sur-Marne und Le Perreux. Die Züge, die an der Bastille abgingen, folgten der sogenannten Vincennes-Linie bis Verneuil-L'Étang. Ich habe diese Linie Anfang der sechziger Jahre noch gekannt, bevor das Nahverkehrsnetz RER

sie ersetzte und der Bastille-Bahnhof abgerissen wurde, um einer Oper Platz zu machen.
Die Strecke verlief über den Viadukt der Avenue Daumesnil, unter dessen Bögen sich Cafés, Lagerräume und Läden befanden. Warum gehe ich in meinen Träumen so oft an diesem Viadukt entlang? Folgendes war unter seinen Bögen im Schatten der Platanen der Avenue zu entdecken:

Labor Armanite
Garage des Voûtes
Peyremorte
Corrado Casadei
Poliklinik Notre-Dame-de-Lourdes
Dell'Aversano
La Régence, Möbelfabrik
Les Marbres français
Café Bosc
Alligator, Ghesquière et Cie
Sava-Autos
Drahtzieherei Daumesnil
Café Labatie
La Radieuse Heizungen
Testas, Nichteisenmetalle
Café-Tabac Valadier

An einem Sommerabend, unmittelbar vor meiner Abreise nach Wien, standen die Tische des Café Bosc auf dem Gehsteig. Ich konnte den Blick nicht von den Lichtern der Gare de Lyon abwenden, die ganz nah war.

Der Zug hielt an der Station Reuilly, dann an der Station Bel-Air. Er verließ Paris durch die Porte Montempoivre. Er fuhr an der Braille-Schule vorbei und hielt am Bahnhof von Saint-Mandé, nahe dem See. Dann kam Vincennes, schließlich der Bahnhof von Nogent-sur-Marne am Waldrand.
Vom Bahnhof von Nogent mußten sie die ganze Grande-Rue bis Le Perreux zu Fuß gehen. Falls die beiden Männer sie nicht mit dem Auto abgeholt haben.
Ich habe eher den Eindruck, daß sie, als sie mit den beiden Unbekannten aus dem Café de la Marine kamen, die Treppen zur Station Raspail, ein paar Meter vom Café entfernt, hinabgestiegen sind.
Die Metro fährt direkt zur Gare de l'Est. Sie nahmen den Zug Richtung Mulhouse. Als er den Canal Saint-Denis überquerte und Paris verließ, sah man von oben den Schlachthof von La Villette. Der Zug hielt in Pantin. Dann fuhr er am Ourcq-Kanal entlang. Noisy-le-Sec, Rosny-sous-Bois. Man erreichte den Bahnhof von Le Perreux. Sie stiegen am Bahnsteig aus, und der

Zug fuhr weiter über den Viadukt, der die Marne überquert. Die beiden Frauen schleppten sie ganz in der Nähe in ein Restaurant und Tanzlokal am Quai de l'Artois. Mit den beiden anderen Unbekannten waren sie jetzt sechs.

*

Ich erinnere mich an den Quai de l'Artois, der am Fuß des Viadukts begann. Direkt gegenüber die Île des Loups. Im Lauf der Jahre 1964 und 1965 besuchte ich diese Insel: Ein gewisser Claude Bernard, dem ich eine Spieluhr und einige alte Bücher verkauft hatte, lud uns, meine Freundin Jacqueline und mich, mehrmals zu sich ein. Er wohnte in einer Art Landhaus mit Erkern und Veranden. Eines Nachmittags fotografierte er uns auf einer der Veranden, denn er wollte einen neuen Apparat ausprobieren, und nach kurzer Zeit überreichte er uns das Farbbild: es war das erste Mal, daß ich ein Polaroidfoto sah.

Dieser Claude Bernard war etwa vierzig Jahre alt und betätigte sich als Trödler: Er besaß Lagerräume, einen Stand auf dem Flohmarkt von Saint-Ouen und sogar eine Buchhandlung für antiquarische Bücher in der Avenue de Clichy, wo ich ihn kennengelernt hatte.

Nach dem Essen fuhr er Jacqueline und mich in einem grauen Jaguar nach Paris zurück. Ein paar Jahre später habe ich seine Spur endgültig verloren. Sein Flohmarktstand und seine Buchhandlung in der Avenue de Clichy existierten nicht mehr. Ein Anruf in seinem Haus auf der Île des Loups ergab: »Kein Anschluß unter dieser Nummer.«
Ich denke an ihn wegen der Île des Loups. Aus einem der Artikel, die sich mit dem befaßten, was die Zeitungen »die tragische Orgie« genannt hatten, kann man schließen, daß die Polizei einen der Unbekannten identifiziert hatte, die das Ehepaar T. und die beiden Frauen in dem Tanzlokal des Quai de l'Artois kennengelernt haben sollen: Es handelte sich um einen Einwohner von Le Perreux. Für mich konnte er nur auf der Île des Loups wohnen. Und angesichts der verdächtigen Zeugenaussage des Kellners frage ich mich, ob die T.s und die beiden anderen Paare in jener Nacht überhaupt in dem Tanzlokal des Quai de l'Artois waren. Ich habe eher das Gefühl, daß einer der Unbekannten sie mit auf die Île des Loups genommen hat, denn genau dort befand sich das Haus mit dem roten Aufzug.
Heute versuche ich, die Örtlichkeiten zu rekonstruieren, doch damals, als ich Claude Bernard besuchte, wäre mir das nicht im Traum eingefallen. Claude Bernard wohnte noch nicht lange in diesem großen mit

Veranden und Erkern versehenen Landhaus. Hinten im Garten stand ein Holzpavillon.
Wer war der Vorbesitzer gewesen? Ein gewisser Jacques Henley? In den alten Filmhandbüchern findet sich Henleys Foto mit der Bemerkung: »Spricht englisch, deutsch, ohne Akzent.« Ein sehr britisches Gesicht: blonder Schnurrbart, sehr helle Augen. Seine Adresse ist angegeben: Jacques Henley, »Les Raquettes«, Île des Loups, Nogent-sur-Marne (Seine), Tremblay 12 00. Doch im Telefonbuch ist er mit derselben Nummer unter dem Namen E.J. Dothée aufgeführt. Unter den anderen ehemaligen Bewohnern der Insel, die ich erfaßt habe:

Willame H.	Tremblay 33 44
Magnant L.	Tremblay 22 65

Dothée alias Henley und diese beiden Personen hatten ihren Wohnsitz in dem Teil der Insel, der zu Nogent-sur-Marne gehört, die folgenden im Le Perreux zugeordneten östlichen Teil:

Hevelle	Tremblay 11 97
Verchère E. L.,	Les Heures tranquilles, Île des Loups (Mai bis Oktober) Tremblay 09 25

Kisseloff P.	Tremblay 09 25
Korsak (de)	Tremblay 27 19
Ryan (Jean E.),	La Pergola, Île des Loups.
	Tremblay 06 69.

Der Verein zur Förderung des Wassersports (Tremblay 00 80) war auf der Seite von Nogent-sur-Marne. Ich glaube, daß das Haus von Claude Bernard im östlichen Teil lag, auf dem Gebiet von Le Perreux. Die Île des Loups erinnerte irgendwie an jene Antilleninsel, die zwischen zwei Ländern aufgeteilt ist, Haiti und der Dominikanischen Republik, mit dem Unterschied, daß sie ihre Unabhängigkeit noch nicht errungen hatte, denn sie stand unter der Oberhoheit von Nogent und Le Perreux. Der Viadukt führte über sie hinweg, und er bezeichnete die Grenze zwischen den beiden Teilen.

Baumgruppen am Ufer verbargen das Haus von Claude Bernard. Er holte uns am Quai d'Artois mit dem Boot ab. Der verwilderte Garten war von einem weißen Zaun umgeben. Ein sehr geräumiges, auf die Veranda geöffnetes Zimmer im Erdgeschoß diente als Salon: ein Sofa, zwei Ledersessel, ein niedriger Tisch und ein großer Backsteinkamin. Claude Bernard war immer allein in diesem Haus und schien dort zu kampieren. Wenn er uns zum Essen einlud, kochte er selbst.

Er hatte mir gesagt, er wolle nicht mehr in Paris wohnen und er brauche zum Schlafen die Landluft und die Nähe des Wassers.
Vermutlich ist in Le Perreux und auf der Île des Loups keine Spur von Land mehr übrig. Das Haus von Claude Bernard ist sicher abgerissen worden. Die Bäume und Badestege entlang dem Ufer sind verschwunden.
Bei unserer ersten Begegnung in seiner Buchhandlung in der Avenue de Clichy, als ich ihm Sämtliche Werke von Balzac in zwanzig Bänden – Ausgabe Veuve Houssiaux – anbot und er sie mir für 3000 Francs abkaufte, sprachen wir über Literatur. Er erzählte mir, sein Lieblingsschriftsteller sei Buffon.
Die in grünes Saffianleder gebundenen Buffons auf dem Backsteinkamin im Salon waren die einzigen Bücher, die ich bei ihm bemerkt habe. Natürlich kam mir dieses Haus auf der Île des Loups sonderbar vor, und Claude Bernards Tätigkeit als »Trödler« machte mich etwas stutzig. Aber er unterhielt sich mit mir meist über Filme oder Literatur, und deshalb empfand er Sympathie für mich.
Ich erinnere mich an die schwere Holztäfelung der Wände im Salon, an das Schmiedeeisen, aber vor allem an den mit rotem Samt gepolsterten Aufzug – er funktionierte nicht mehr –, von dem Claude Bernard uns eines Tages lachend gesagt hatte, der frühere Besitzer

habe ihn nur einbauen lassen, um in sein Zimmer im ersten Stock hinaufzufahren.
Dieser Aufzug war das einzige Indiz, das von der Nacht im April 1933 übriggeblieben war, als die T.s mit den beiden anderen Paaren in Le Perreux strandeten. Danach kehrten sie in ihr braves Viertel der Rue des Fossés-Saint-Jacques zurück, doch das hatte keine Bedeutung mehr. Es war zu spät. Ihr Schicksal hatte sich in Le Perreux und in dem Haus der Île des Loups entschieden.
Damals kümmerte ich mich nicht so sehr um die Einzelheiten der »tragischen Orgie«, wie die Zeitungen es nannten, und auch nicht um die Rolle des rotsamtenen Aufzugs, den uns Claude Bernard hinten im Salon gezeigt hatte. Die Île des Loups und ihre Umgebung waren für uns nur ein Vorort wie alle anderen. Auf unserem Weg vom Bahnhof zum Quai de l'Artois, wo Claude Bernard uns in seinem Boot erwartete, dachte ich, daß wir dank des Geldes für den Balzac und die alte Spieluhr, die ich ihm verkauft hatte, bald verreisen würden. Binnen kurzem wären Jacqueline und ich weit weg von der Marne und Le Perreux, in Wien, wo ich zwanzig Jahre alt werden würde.

*

Ich möchte noch beim linken Ufer verweilen, denn ich bin ein Kind von Saint-Germain-des-Prés. Ich habe die Grundschule der Rue du Pont-de-Lodi besucht und den Katechismusunterricht von Abbé Pachaud in der Rue de l'Abbaye und an der Place Furstenberg. Doch seither meide ich mein altes Dorf, das ich nicht mehr wiedererkenne. Der Carrefour de l'Odéon erscheint mir an diesem Abend so trist wie der bretonische Hafen von Montparnasse bei Nieselwetter.
Eine meiner letzten Erinnerungen an Saint-Germain-des-Prés geht auf Montag, den 18. Januar 1960, zurück. Ich war vierzehneinhalb Jahre alt und aus der Schule ausgerissen. Ich war an den Hangars des Flugplatzes von Villacoublay entlang bis zum Croix-de-Berny gegangen. Dann hatte ich einen Bus bis zur Porte d'Orléans genommen. Und die Metro. In Saint-Germain-des-Prés war ich ausgestiegen. Am Ende der Rue Bonaparte war ich in dem Café-Tabac gestrandet, das die Ecke bildet zwischen Straße und Quai, Chez Malafosse. Zumindest nannte mein Vater es so. Nach dem Mittagessen trafen wir uns mit seinen Freunden in seinem Büro, und er sagte zu mir:
»Geh und hol Partagas bei Malafosse.«
An jenem Nachmittag stand bei Malafosse vor dem

Tresen eine Gruppe von Leuten, die meine Mutter kannte und die sich immer im Viertel herumtrieben. Unter ihnen eine hübsche Dänin mit kurzem blondem Haar und hellblauen Augen. Sie gebrauchte Argotwörter, die im Kontrast zu ihrem weichen und kindlichen Akzent standen. Ein oft altertümlicher Argot. Als sie mich eintreten sah, sagte sie zu mir:
»Was willst denn du hier, mein Jungchen?«
Ich gestand, daß ich ausgerissen war. Alle schwiegen verlegen. Ich war nahe daran, in Tränen auszubrechen. Plötzlich sagte sie mit ihrem dänischen Akzent:
»Was macht das schon, mein Jungchen?«
Dann schlug sie mit der flachen Hand auf den Tresen:
»Einen Whisky für das Jungchen ...«

*

Ich sehe die Billardspieler im ersten Stock des Café de Cluny noch vor mir. Ich befand mich dort an einem Samstagnachmittag im Januar, dem Tag des Begräbnisses von Churchill. 1966 wurden alle Cafés an der Place und am Boulevard Saint-Michel renoviert, dann haben sich in den letzten Jahren einige in MacDonalds verwandelt, wie das Mahieu, wo sich die Pferdetotospieler versammelten und wo man die Ma-

schine tickern hörte, wenn die Rennergebnisse eintrafen.
Bis zum Ende der sechziger Jahre war dieses Viertel sich gleichgeblieben. Die Ereignisse vom Mai 68, deren Schauplatz es war, haben nur schwarzweiße Nachrichtenbilder hinterlassen, die aus dem Abstand eines Vierteljahrhunderts fast ebenso fern wirken wie die, die während der Befreiung von Paris aufgenommen worden sind.

*

Der Boulevard Saint-Michel ist an diesem Sonntag abend in Dezembernebel gehüllt, und das Bild einer Straße kommt mir in den Sinn, eine der wenigen des Quartier Latin oder sogar die einzige, die oft in meinen Träumen vorkommt. Ich habe sie schließlich wiedererkannt. Sie fällt sanft zum Boulevard hin ab, und der Einfluß des Traums auf die Realität bewirkt, daß die Rue Cujas für mich immer ins Licht der beginnenden sechziger Jahre getaucht bleiben wird, ein zartes und durchsichtiges Licht, das ich mit zwei Filmen jener Zeit verbinde: *Lola* und *Adieu Philippine*.
Im unteren Teil der Straße, im Erdgeschoß eines Hotels, gab es ein Kino, das Studio Cujas. An einem Nachmittag im Juli habe ich, um die Zeit totzuschlagen, die

Kühle und Dunkelheit dieses Kinosaals betreten und war der einzige Zuschauer.

Etwas weiter oben, auf der Montagne-Sainte-Geneviève, traf ich eine Freundin, die damals in den Filmen der Nouvelle Vague mitspielte.

Ich habe gestern nachmittag an sie gedacht, als ich vor dem Tor des Jardin du Luxembourg einem Mann im abgetragenen Shetlandpullover über den Weg lief, dessen braunes Haar und Adlernase mich an jemanden erinnerten. Ja doch, ich war ihm oft in dem Café begegnet, in dem diese Freundin sich mit mir verabredete. Ein gewisser François, genannt »der Philosoph«, sicherlich weil er in einer Privatschule Philosophielehrer war.

Er erkannte mich nicht. Er hielt ein Buch in der Hand und sah aus wie ein ewiger Student. Der Zufall ließ mich nach einem Vierteljahrhundert in dieses Quartier zurückkehren, und da stand ich vor diesem unveränderten Menschen, der den sechziger Jahren für immer die Treue hielt. Ich hätte ihn ansprechen können, doch die Zeit, die seit unseren letzten Begegnungen verstrichen war, hatte ihn für mich unerreichbar gemacht, wie jemanden, den ich am Strand einer fernen Insel zurückgelassen habe. Während ich aufs offene Meer hinausgefahren bin.

Heute habe ich ihn wiedergesehen, auf der anderen

Seite des Parks; in Begleitung eines blonden jungen Mädchens. Vor der RER-Station, die den früheren Luxembourg-Bahnhof ersetzt, blieb er eine Weile stehen und redete mit ihr. Dann stieg sie die Stufen hinunter und ließ ihn allein.

Er ging raschen Schrittes auf dem Bürgersteig des Boulevard Saint-Michel in Richtung Port-Royal. Er hielt noch immer sein Buch in der Hand. Ich versuchte, ihm zu folgen, den Blick auf seinen Shetlandpullover geheftet, dessen grünlicher Fleck sich schließlich in Höhe der Rue de l'Abbé-de-l'Épée verlor.

Ich durchquerte den Park. War es die Begegnung mit diesem Phantom? Die Wege des Jardin du Luxembourg, auf denen ich seit einer Ewigkeit nicht mehr gegangen war? Im Licht des Spätnachmittags kam es mir vor, als würden die Jahre ineinanderfließen und als werde die Zeit transparent. Eines Tages hatte ich diese Freundin, die Filme drehte, in ihrem Wagen mit aufklappbarem Verdeck von der Montagne-Sainte-Geneviève zu den Studios von Saint-Maurice begleitet. Wir folgten den Quais, als wir aus Paris hinausfuhren, und die Platanen bildeten ein Blättergewölbe. Es war der Frühling des Jahres 1963 oder 1964.

*

Der Schnee, der sich auf den Bürgersteigen in Matsch verwandelt, der Zaun der Cluny-Thermen, vor dem Schwarzhändler ihre Ware aufbauten, die kahlen Bäume, alle diese Grau- und Schwarztöne, die ich in Erinnerung habe, lassen mich an Violette Nozière denken. Sie verabredete sich in einem Hotel der Rue Victor-Cousin, nahe der Sorbonne, und im Palais du Café am Boulevard Saint-Michel.

Violette war eine Brünette mit blassem Teint, die von den Zeitungen mit einer venenösen Blume verglichen und »das Giftmädchen« genannt wurde. Im Palais du Café schloß sie Bekanntschaft mit falschen Studenten, die eng taillierte Jacketts und Hornbrillen trugen. Sie machte ihnen weis, sie habe eine Erbschaft zu erwarten, und versprach ihnen goldene Berge: Reisen, Bugattis ... Auf dem Boulevard war sie bestimmt auch dem Ehepaar T. begegnet, das gerade in die kleine Wohnung der Rue des Fossés-Saint-Jacques eingezogen war.

Etwas unterhalb des Palais du Café, auf der anderen Straßenseite, spielte ein zwanzigjähriges Mädchen, Sylviane, im ersten Stock des Cluny Billard. Sie war nicht brünett und blaß wie Violette, sondern rotblond und von jenem Teint, den man irisch nennen könnte. Sie sollte nicht lange im öden Quartier Latin bleiben. Bald sah man sie am Faubourg Montmartre, im Fantasio, und im Billardlokal des Boulevard des Capucines. Dann verkehrte sie im Cercle Haussmann in der Rue de la Michodière, wo sie Gönnern begegnen sollte. Geschenke, Juwelen, das leichte Leben, die Reitbahnen von Neuilly ... Zu Beginn der Besatzung heiratete sie einen Verehrer ohne Vermögen, aber mit dem Titel eines Marquis d'Empire ... Es folgten lange Aufenthalte in der freien Zone, an der Côte d'Azur, und der Präsident der Seebädergesellschaft von Monaco zählte zu ihren Bewunderern. Ihre Rückkehr in die besetzte Zone ... Die Begegnung mit einem gewissen Eddy Pagnon unter seltsamen Umständen ... Doch in jenem Frühjahr 1933 wohnte sie noch bei ihrer Mutter in Chelles, im Departement Saine-et-Marne, und nach Paris kam sie mit dem Zug aus Richtung Meaux, der sie an der Gare de l'Est absetzte. Nach einer Zeugenaussage, die von den Ermittlungsbeamten aufgenommen wurde, hatte die eine der beiden Frauen, die das Ehepaar T. nach Le Perreux mitnahmen, rotblondes Haar und schien nicht älter als zwanzig zu sein. Sie wohnte in einem östlichen Vorort. Aber hieß sie Sylviane?

Elf Jahre später, im Frühling 1944, findet man sie in dem Zimmer eines kleinen Hotels am Quai d'Austerlitz wieder. Sie wartet dort auf jenen Eddy Pagnon, der seit Mai heimlich Wein von Bordeaux nach Paris transportiert.

An den Abenden, an denen er die Fahrt Paris – Bordeaux machen muß, stellt er den Lastwagen gegenüber dem Hotel ab, auf dem Gehsteig des Quais, im Schatten von zwei Reihen Platanen. Er kommt zu ihr ins Zimmer. Bald wird Verdunklung sein. Das ferne Rumpeln der Metro auf dem Pont de Bercy stört ab und zu die Stille. Durch das Fenster des Flurs, der zum Zimmer führt, kann man in der Dämmerung noch die Gleise der Gare d'Austerlitz sehen, doch sie sind leer, und man fragt sich, ob der Bahnhof nicht stillgelegt worden ist.

Sie essen unten im Café zu Abend. Wegen der Sperrstunde sind an Tür und Fenstern die Vorhänge zugezogen. Sie sind die einzigen Gäste. Man serviert ihnen eine Schwarzmarktmahlzeit, und der Hotelbesitzer, der hinter der Theke telefoniert hat, setzt sich zu ihnen an den Tisch. Pagnon führt die Transporte von Bordeaux nach Paris für diesen Mann durch, der in der Nähe, am Quai Saint-Bernard, in der Halle aux Vins, ein Lager unterhält. Nach dem Essen erteilt der Hotelbesitzer Pagnon letzte Ratschläge. Sie begleitet ihn bis zum Lastwagen am Quai d'Austerlitz. Der Motor brummt eine Weile, dann verschwindet der Lastwagen in der Dunkelheit. Sie kehrt ins Hotel zurück und legt sich auf das ungemachte Bett. Ein Messingbett. An den Wänden eine alte Tapete mit rosa Blumen. Eine Hängelampe. Sie hat Hotelzimmer dieser Art kennengelernt, als sie ganz jung war und manchmal nicht zum Schlafen nach Chelles in das winziges Häuschen ihrer Mutter zurückkehrte.

Sie wird bis morgen abend auf ihn warten. Er wird den Lastwagen zum Lager der Halle aux Vins fahren, damit man die Fracht ablädt, und zu Fuß vom Quai Saint-Bernard zum Hotel gehen. In diesem schäbigen Zimmer findet sie die Szenerie ihrer Jugend wieder. Und mir kommt eine Kindheitserinnerung: der dicke Lucien P., hingefläzt in einen der Ledersessel im Büro meines Vaters. Ich hatte sie eines Tages über jene Sylviane mit dem rotblonden Haar reden hören. War es der dicke Lucien, der sie meinem Vater vorgestellt hat? Oder umgekehrt? Mein Vater erzählte mir einmal im Vertrauen, auch er habe Anfang der dreißiger Jahre im Quartier Latin verkehrt, zur gleichen Zeit und im gleichen Alter wie Violette Nozière und Sylviane; und vielleicht hatte er diese beim Billard im Café de Cluny kennengelernt.

Gibt es in der Verlängerung des Quai d'Austerlitz, hinter dem Pont de Bercy, noch die Magasins Généraux de Paris? Im Winter 1943 war mein Vater in dieser Nebenstelle des Lagers Drancy interniert worden. Eines

Abends kam jemand, um ihn zu befreien: Eddy Pagnon, der damals zu der später so genannten Bande von der Rue Lauriston gehörte? Allzu viele Übereinstimmungen lassen es mich annehmen: Sylviane, der dicke Lucien ... Ich habe versucht, die Autowerkstatt ausfindig zu machen, in der Pagnon vor dem Krieg arbeitete, und unter den neuen Informationsbruchstükken, die ich über ihn gesammelt habe, ist dies: Im November 1941 von den Deutschen verhaftet, weil er sie in einer Schwarzmarktaffäre um Regenmäntel betrogen hat. Inhaftiert in der Santé. Befreit von Chamberlin alias »Henri«. Tritt seinen Dienst in der Rue Lauriston an. Verläßt die Bande von der Rue Lauriston drei Monate vor der Befreiung. Zieht sich mit seiner Geliebten, der Marquise von A., nach Barbizon zurück. Er war im Besitz eines Rennpferds und eines Autos. FINDET EINE STELLE ALS LASTWAGENFAHRER FÜR DEN TRANSPORT VON WEIN VON BORDEAUX NACH PARIS.

Ich frage mich, welchen Weg mein Vater genommen hat, als er während der Verdunklung die Magasins Généraux verließ. Er muß verblüfft gewesen sein, daß er mit dem Leben davongekommen war.

Von allen Vierteln des linken Ufers bleibt diese Zone, die sich vom Pont de Bercy bis zum Tor des Jardin des Plantes erstreckt, für mich die düsterste. Man kommt nachts an der Gare d'Austerlitz an. Und die Nacht riecht hier nach Wein und Kohle. Ich lasse den Bahnhof und diese dunkle Masse entlang der Seine, die man die »Magasins du Port d'Austerlitz« nannte, hinter mir. Die Autoscheinwerfer oder die Taschenlampe, die man in der Hand hält, erhellen ein paar Meter des Quai Saint-Bernard. Unter den Geruch von Wein und Kohle mischt sich jetzt der des Laubwerks vom Jardin des Plantes, und ich höre den Schrei eines Pfaus und das Brüllen des Jaguars und des Tigers. Die Platanen und die Stille der Halle aux Vins. Die Kühle eines Weinkellers umhüllt mich. Irgendwo wird ein Faß gerollt, und dieses schaurige Geräusch entfernt sich allmählich. An der Stelle der Halle aux Vins sollen große Betongebäude errichtet worden sein, doch sosehr ich im Dunkeln die Augen aufreiße, ich sehe sie nicht.

*

Um in den Süden zu kommen, mußte man Tunneln folgen, Tombe-Issoire, Glacière, Rue de la Santé, die ab und zu von einer blauen Glühlampe erhellt wurden. Und man gelangte auf die sonnenbeschienenen Wege und Wiesen des Parks Montsouris.

Die Porte d'Italie bildete die östliche Grenze des Gebietes. Der Boulevard Kellermann führte nach Westen, bis zur Poterne des Peupliers. Das Flugzeugmotorenwerk SNECMA rechter Hand sah aus wie ein großer, am Rand des Boulevards gestrandeter Frachter, vor allem in den Nächten, in denen der Mond sich in den Fenstern spiegelte. Etwas weiter, auf der linken Seite, das Charléty-Stadion. Das Unkraut wuchs durch die Risse des Betons.

In dieses Viertel bin ich zum ersten Mal an einem Sonntag gekommen, durch einen Freund, der mich ins Charléty-Stadion mitnahm. Er hatte trotz seiner siebzehn Jahre eine kleine Anstellung bei einer Sportzeitung bekommen. Man hatte ihn gebeten, sich einen Wettlauf anzusehen, und ich sollte ihm bei der Abfassung des Berichts helfen.

Wir waren nicht sehr viele auf den Rängen. Ich erinnere mich an den Namen eines Läufers: Piquemal. Wir stellten ihm am Ende der Veranstaltung ein paar Fragen, um den Artikel zu ergänzen. Um fünf Uhr warteten wir auf den Bus der Linie 21, der nicht kam. Da entschlossen wir uns, zu Fuß ins Zentrum zu gehen. Die Straßen lagen menschenleer in der Sonne. Ich könnte das genaue Datum des Tages herausfinden: Beim ersten Zeitungshändler, dem wir auf unserem Weg begegneten – kein Kiosk, sondern einer jener Stände aus grünem Segeltuch, die sonntags aufgestellt werden –, habe ich das Foto und die Schlagzeile gesehen, die den Tod von Marilyn Monroe verkündeten.

Nach dem Charléty-Stadion die Cité Universitaire und rechts der Park Montsouris. Am Anfang der Straße, die am Park entlangführte, hatte in einem Gebäude mit großen Fenstern der Flieger Jean Mermoz gewohnt. Der Schatten von Mermoz und die SNECMA verbanden das Viertel in meinem Kopf mit dem nahe gelegenen Flughafen Orly und den Landebahnen von Villacoublay, Buc und Toussus-le-Noble.

Fast ländliche Restaurants. Gegenüber dem Gebäude, in das Mermoz zwischen seinen Aéropostale-Flügen zurückkehrte, das Chalet du Lac. Seine Terrasse öffnete sich auf den Park Montsouris. Und weiter unten, an der Ecke der Avenue Reille, ein kleines Haus mit kiesbestreutem Garten. Im Sommer wurden dort Tische aufgestellt, und man speiste unter einer Laube.

Für mich hat sich mit dem Abstand der Jahre dieses ganze Viertel allmählich von Paris losgelöst. In einem der beiden Cafés am Ende der Rue de l'Amiral-Mouchez, auf der Höhe des Charléty-Stadions, erklangen italienische Schlager aus einer Jukebox. Die Wirtin war eine Brünette mit römischem Profil. Das Sommerlicht überflutet den Boulevard Kellermann und den Boulevard Jourdan, die mittags wie ausgestorben sind. Die Schatten auf den Gehwegen und die ockergelben Fassaden der Mietshäuser, hinter denen sich Reste von Land verbergen, sehe ich in meinen Träumen vor mir, und nun gehören sie zum Stadtrand von Rom. Ich gehe am Park Montsouris entlang. Das Laubwerk schützt mich vor der Sonne. Dort drüben ist die Metrostation Cité Universitaire. Ich werde in die Kühle des kleinen Bahnhofs eintreten. Züge halten in regelmäßigen Abständen und bringen uns zu den Stränden von Ostia.

*

In einer dieser Häusergruppen des Boulevard Kellermann, die vor dem Krieg an der Stelle der ehemaligen Befestigungsanlagen erbaut worden sind, hatte Jacqueline ein Zimmer gemietet. Dank falscher Studentenausweise konnten wir unsere Mahlzeiten – für 5 Francs – im Restaurant der Cité Universitaire einnehmen: Es war in der großen holzgetäfelten Halle eines Gebäudes untergebracht, das an die Hotels von Sankt Moritz oder von Cimiez erinnerte.

Oft blieben wir Tage und Nächte lang auf den Rasenflächen oder in den Aufenthaltsräumen der verschie-

denen Pavillons. Es gab sogar ein Kino und einen Theatersaal innerhalb der Cité.
Ein Ferienort oder einer jener internationalen Bezirke, wie es sie in Shanghai gab. Diese neutrale Zone am Rand von Paris garantierte ihren Besuchern diplomatische Immunität. Wenn wir – mit unseren falschen Ausweisen – die Grenze überschritten, waren wir in Sicherheit.

Ich habe Pacheco in der Cité Universitaire kennengelernt. Er war mir schon einige Monate zuvor aufgefallen. Im Januar jenes Jahres hatte es viel geschneit, und die Cité glich einem Wintersportort. Ich war auf dem Boulevard Jourdan mehrmals einem etwa fünfzigjährigen Mann begegnet, der einen verblichenen braunen Mantel mit zu langen Ärmeln, eine schwarze Samthose und Winterstiefel trug. Sein Haar war dunkel und zurückgekämmt, seine Wangen schlecht rasiert. Er ging vorsichtig, als hätte er bei jedem Schritt Angst, auf dem Schnee auszurutschen.
Im folgenden Juni war er nicht mehr der gleiche. Sein beigefarbener Leinenanzug, sein hellblaues Hemd und seine Wildlederschuhe schienen nagelneu. Sein kürzer geschnittenes Haar und seine glatten Wangen gaben ihm etwas Jugendliches. Sind wir in der Cafeteria der

Cité Universitaire, deren Fenster auf den Boulevard Jourdan hinausgingen, ins Gespräch gekommen? Oder gegenüber, in der Brasserie Babel? Eher in der Cafeteria, scheint mir, dieser Flughafenatmosphäre wegen, die für mich untrennbar ist von Pacheco: Einrichtung aus Plastik und Metall, Leute, die kommen und gehen und sich in allen Sprachen unterhalten, als wären sie Transitreisende. Übrigens trug Pacheco an diesem Tag einen schwarzen Lederkoffer. Und er erklärte mir, er arbeite bei Air France, ohne daß ich recht verstand, ob er Steward auf einer Strecke war oder ob er seinen Beruf in Orly ausübte. Er hatte ein Zimmer im Pavillon der französischen Provinzen. Und da ich mich wunderte, daß er in seinem Alter in der Cité Universitaire wohnen könne, zeigte er mir einen Studentenausweis, aus dem hervorging, daß er an der naturwissenschaftlichen Fakultät der Halle aux Vins eingeschrieben war.

Ich traute mich nicht zu sagen, daß ich ihn schon vom Sehen kannte. Und er, hatte er mich im Winter bemerkt? Erwartete er, daß ich ihm Fragen stellte? Oder war er überzeugt, ich würde keinen Zusammenhang herstellen zwischen dem Clochard in Winterstiefeln und dem Mann, der mir gegenübersaß? Der blaue Blick ließ nichts von seinen Gedanken erahnen.

Eine Silhouette im verblichenen braunen Überzieher und mit zögerndem Gang war im Schnee jenes Winters verschwunden. Und niemand hatte es bemerkt. Außer mir.

*

Von nun an trafen wir ihn in der Cafeteria der Cité oder in dem kleinen Restaurant der Avenue Reille, in dem es »orientalische« Spezialitäten gab. Wir führten harmlose Gespräche. Er erklärte mir, wegen seiner Arbeit könne er nicht alle Vorlesungen der naturwissenschaftlichen Fakultät hören. Aber was war eigentlich seine Arbeit?

»Sagen wir ... die Arbeit eines Stewards. Manchmal im Flugzeug, manchmal in einem Büro von Orly ... oder auch im Stadtterminal Invalides ... Drei Tage in der Woche ...«

Er schwieg. Ich fragte nicht weiter. Er verkehrte mit marokkanischen Studenten, die im ersten Pavillon der Cité wohnten, gleich neben dem Charléty-Stadion. Zu den Marokkanern kamen noch sehr blonde Skandinavierinnen und zwei Kubaner hinzu. In Gesellschaft dieser Gruppe besuchten wir Samstag abends die Filmvorführungen, und oft versammelten wir uns in dem Zimmer, das eine der Skandinavierinnen in der Fondation Deutsch-de-la-Meurthe besaß, einem Dorf aus lauter efeubewachsenen Backsteinhäuschen. Pacheco lud uns alle in die Laube des Restaurants der Avenue Reille zum Essen ein, und beim Dessert teilte er Geschenke aus – »zollfreie« blonde Zigaretten, Parfüms, Feuerzeuge, die er sich in Orly beschaffte.

Ab und zu gesellte sich ein großer Dunkelhaariger zu uns, der für Air Maroc arbeitete und einige Jahre zuvor in der Cité Universitaire gewohnt hatte. Pacheco duzte ihn. Wahrscheinlich hatte er durch ihn die anderen kennengelernt. Pacheco nahm teil an der Fröhlichkeit der Gruppe, den Späßen, den Sonnenbädern auf dem Rasen der Cité, er mischte sich in die Unterhaltungen ein, doch nach meinem Gefühl hielt er sich immer abseits, und ich sagte mir, das liege am Altersunterschied zwischen ihm und uns.

An einem Sonntagabend war er allein in der Cafeteria und lud Jacqueline und mich zu einem belegten Brot und einem Stück Apfelkuchen ein. Ich war nahe daran, ihn über den Clochard im verblichenen Überzieher vom letzten Winter auszufragen, konnte mich aber gerade noch zurückhalten. Ich habe ihn nur gefragt, ob sein Name, Pacheco, spanischen oder portugiesischen Ursprungs sei.

»Mein Vater war Peruaner.«

Er sah uns nacheinander an, wie um sich zu versichern, daß er nichts riskierte, wenn er uns ins Vertrauen zog.

»Meine Mutter war halb Belgierin, halb Französin. Mütterlicherseits bin ich ein Nachfahre des Marschalls Victor.«

Ich gebe zu, daß ich damals vollkommen unwissend war in bezug auf diesen Marschall. Ich wußte nur, daß es einen Boulevard Victor gab, da drüben, bei der Porte de Versailles.

»Der Marschall Victor war ein Marschall des Ersten Kaiserreichs. Napoleon hat ihn zum Herzog von Bellune gemacht.«

Er sagte das in gleichgültigem Ton. Er schien es normal zu finden, daß wir mit dem Namen »Victor« nichts verbinden konnten.

»Als ich jünger war, nannte ich mich Philippe de Bellune, aber ich hatte keinerlei Anrecht auf diesen Titel.«

So war sein Vorname also Philippe. Wir hatten uns angewöhnt, ihn »Pacheco« zu nennen, und für uns stand »Pacheco« zugleich für den Vor- und den Nachnamen.

»Warum kein Anrecht auf den Titel?«

»Der letzte Herzog von Bellune hatte nur Töchter, eine davon war meine Großmutter, und der Titel ist erloschen. Interessiert Sie das wirklich?«

»Ja.«

Es war das erste Mal, daß er mit mir über persönliche

Dinge sprach. Bisher hatte ich keinen Anhaltspunkt: dieser Mann war ebenso ausweichend und glatt wie sein Blick. Selbst sein Alter war ungewiß: zwischen fünfunddreißig und fünfzig Jahren.

»Das ist hübsch, ›Philippe de Bellune‹. Sie hätten sich weiterhin so nennen sollen.«

»Glauben Sie?«

Er zuckte mit den Schultern und sah mich einen Augenblick aus seinen blauen Augen an. Das Bild des Clochards im verblichenen braunen Mantel, der im Winter den Boulevard Jourdan entlangging, kam mir wieder in den Sinn: Vielleicht kannte man ihn unter dem Namen Philippe de Bellune.

»Zu welchem Zeitpunkt haben Sie aufgehört, sich Philippe de Bellune zu nennen?«

»Interessiert Sie das wirklich?«

Einige unserer marokkanischen und skandinavischen Freunde setzten sich an unseren Tisch, und Pacheco wurde wieder zurückhaltend. Er beteiligte sich am Gespräch, gab aber nur noch Gemeinplätze von sich. Wir gingen sehr spät aus der Cafeteria weg. Pacheco trug seinen schwarzen Lederkoffer, mit dem ich ihn mehrmals gesehen hatte.

In der Halle des Pavillons der französischen Provinzen, wo Pacheco ein Zimmer hatte, verabschiedeten wir uns. Die Nacht war mild, und Jacqueline und ich setzten uns auf eine Bank zwischen Ligusterbüschen, die uns vor den Blicken schützten. Wahrscheinlich hat Pacheco uns deshalb nicht bemerkt, als er zehn Minuten später mit dem schwarzen Lederkoffer in der Hand herauskam. Wir hielten den Atem an. Wir hatten den gleichen Gedanken: Er tat so, als wohne er im Pavillon der französischen Provinzen, und sobald er sicher war, daß er den Mitgliedern unserer kleinen Gruppe nicht mehr begegnen konnte, verließ er den Pavillon mit unbekanntem Ziel.

Wir warteten, bis er etwa fünfzig Meter vor uns war, und gingen ihm nach. Am Ausgang der Cité Universitaire wandte er sich nach links in Richtung Porte d'Orléans, und seine Silhouette verschwand in der Nacht. Wohin mochte er gehen? Was war sein wirklicher Wohnsitz? Ich stellte mir vor, wie er immer geradeaus marschierte bis zur Porte de Versailles und schließlich jenen trostlosen Boulevard erreichte, der den Namen seines Vorfahren trug. Er folgte ihm mit langsamem Schritt, den Koffer in der Hand, wie ein Schlafwandler, und er war zu dieser späten Stunde der einzige Fußgänger.

*

Am nächsten Tag sahen wir ihn wieder, immer noch genauso ordentlich, genauso glatt in seinem beigefarbenen Leinenanzug und seinen Wildlederschuhen. Er trug nicht mehr seinen Koffer, sondern, über die Schulter gehängt, eine kleine Reisetasche der Fluggesellschaft British Airways aus marineblauem Segeltuch. Unsere Blicke begegneten einander, der seine so leer wie gewöhnlich. Es war allein an mir, das Rätsel zu lösen, das dieser Mann aufgab. Pacheco. Philippe de Bellune. Mit Hilfe dieser beiden Namen mußte ich weitere Einzelheiten über ihn herausfinden. Zu jener Zeit hatte ich, um etwas Geld zu verdienen, angefangen Bücher, verschiedene Karteien, vollständige Zeitschriftenjahrgänge zu kaufen und wieder zu verkaufen. Wie ein Lumpensammler, der mit seinem Haken Müllberge durchwühlt, versuchte ich auf gut Glück in den Telefonbüchern und alten Zeitungen, die mir in die Finger kamen, die Namen Bellune und Pacheco zu entdekken.

So hatte ich einige Informationen sammeln können: Der letzte Herzog von Bellune war mütterlicherseits englisch-portugiesischer Herkunft durch die Familien Lemos und Willoughby da Silveira. Gestorben 1907 ohne männlichen Erben. Seine jüngste Tochter hatte einen gewissen Fernand-Marie-Désiré Werry de Hults geheiratet, Belgier, aber »römischer Graf«, und aus dieser Ehe waren zwei Söhne und eine Tochter, Éliane, hervorgegangen. 1919 wohnten sie, dem Bottin-Adreßbuch zufolge, alle in einem Palais, Rue Greuze Nr. 4, im XVI. Arrondissement. Tatsächlich waren unter derselben Adresse ein gewisser Riclos y Perez de Pacheco und Frau, geborene Éliane de Hults, erwähnt. Die beiden letzteren waren mit Sicherheit die Eltern des Pacheco, den ich kannte. Ab 1927 war diese sonderbare Familie, wenn ich den Telefonbüchern glauben konnte, aus der Rue Greuze Nr. 4 spurlos verschwunden. 1953 tauchte wieder eine Gräfin von Hults-Bellune auf, Rue du Dôme Nr. 4, und im Jahr darauf unter derselben Adresse und mit derselben Telefonnummer: Pacheco (Madame de). Dann nichts mehr.

In den seltenen Augenblicken, da ich mit Pacheco allein in der Cafeteria war, stellte ich rasch eine Frage, in der Hoffnung, er werde antworten und mir weitere Informationen über sich liefern.

»Haben Sie 1953 Ihre Mutter in der Rue du Dôme besucht?«

Da bemerkte ich, daß er seine Betroffenheit nicht verbergen konnte. Er war plötzlich sehr blaß geworden. Ich mußte meinen Vorteil ausnutzen.

»Ich weiß nicht, was Sie meinen.«

Er war in der Defensive. Warum hatte ihn dieses Detail in Verwirrung gestürzt? Ich glaubte eine Antwort zu haben: 1953, 1954 ... Es handelte sich nicht mehr um seinen Vorfahr Marschall Victor. Wir näherten uns gefährlich der Gegenwart und einem Clochard mit verblichenem Mantel und abgetragenen Stiefeln, der letzten Winter den Boulevard Jourdan entlangtappte. Ich war gespannt, seine Reaktion zu sehen, wenn ich ihm von diesem Mann spräche. Würde er zusammenzucken wie jemand, der Angst vor seinem Schatten hat?

Mehrere Wochen vergingen, in denen er nichts von sich hören ließ. Hielt seine Arbeit ihn von der Cité Universitaire fern? Ich fragte im Pavillon der französischen Provinzen, ob ein gewisser Pacheco dort ein Zimmer habe. Man kannte keinen Studenten dieses Namens, auch keinen etwa fünfzigjährigen Mann mit kurzem Haar in einem beigefarbenen Leinenanzug und Wildlederschuhen. Abends in der Cafeteria befragte ich die Mitglieder unserer kleinen Gruppe:

»Keine Nachricht von Pacheco?«

»Nein.«

Unsere marokkanischen und skandinavischen Freunde redeten schon nicht mehr von ihm. Er verschwand aus ihrem Gedächtnis. Das Leben ging ohne Pacheco weiter: die Nachmittage und Abende auf der großen Rasenfläche, die Spaziergänge im Park Montsouris, die

Abendessen in der Laube des orientalischen Restaurants der Avenue Reille ... Ich glaubte schließlich, daß wir ihn nicht wiedersehen würden. Der Zufall wollte, daß ich in einem Packen alter Zeitungen aus den Jahren 1946 und 1948 auf zwei Meldungen stieß. Die erste nahm Bezug auf eine Liste von Personen, die wegen ihrer Aktivitäten während der Besatzung gesucht wurden. Unter diesen befand sich »Philippe de Bellune, genannt ›de Pacheco‹, der letztes Jahr an den Folgen seiner Internierung in Dachau gestorben sein soll«. Doch es wurden Zweifel an diesem Tod geäußert. Zwei Jahre später, 1948, veröffentlichte eine Zeitung eine andere Liste von Beschuldigten, die zu einer Gerichtsverhandlung nicht erschienen waren und gesucht wurden: Der dritte auf der Liste war »Philippe de Bellune, geboren in Paris am 22. Januar 1918, Wohnsitz unbekannt«. Das bedeutete, sein Tod war zu jener Zeit noch nicht bestätigt.

Das Schicksal eines Mannes, der wegen geheimer Verbindungen zum Feind gesucht wurde und von dem man nicht wußte, ob er lebend aus dem Lager Dachau herausgekommen war, machte mich sprachlos. Durch welche Verkettung von Umständen war er in diese widersprüchliche Situation geraten? Ich dachte an meinen Vater, der all die Ungereimtheiten der Besatzungszeit erlebt hatte und der mir fast nichts darüber gesagt hatte, bevor wir für immer auseinandergingen. Und nun, kaum war er aufgetaucht, verschwand auch Pacheco, ohne mir irgend etwas erklärt zu haben.

*

Eines Sonntagabends erschien er wieder in der Cafeteria der Cité. Es war spät, und die Resopaltische waren verwaist. Ich saß beim Fenster, das auf den Boulevard Jourdan ging, und als ich ihn in seinem beigefarbenen Anzug und seinen Wildlederschuhen kommen sah – mit etwas längerem Haar als sonst und braungebrannt –, klopfte mir das Herz. Er setzte sich auf so natürliche Art neben mich, als wäre er nur ein paar Minuten weg gewesen, um zu telefonieren.

»Ich habe geglaubt, wir würden Sie niemals wiedersehen«, sagte ich.

»Air France hat mich zur Arbeit auf einen marokkanischen Flughafen geschickt ... Nach Casablanca ... Ich mußte lange dortbleiben.«

»Ich habe gehört, Sie waren während des Krieges im Lager Dachau interniert«, sagte ich unvermittelt.

»Nein.«

Er blieb regungslos sitzen und blickte starr vor sich hin, als fürchtete er weitere Enthüllungen meinerseits.

»Und nach dem Krieg wurden Sie wegen geheimer Verbindungen zum Feind von der Justiz gesucht. Das war die Zeit, als Sie sich Philippe de Bellune nannten.«

»Sie irren sich.«

»Eine Zeitlang hat man geglaubt, Sie wären in Dachau gestorben ...«

»Gestorben?«

Er zuckte mit den Schultern.

»Aus welchem Grund wurden Sie nach dem Krieg gesucht?«

Er schnitt sein belegtes Brot mit Hilfe von Messer und Gabel in winzige Stücke.

»Sie haben viel Phantasie ... Aber ich bin müde heute abend ...«

Er warf mir ein Lächeln zu, und ich begriff, daß ich nichts aus ihm herauskriegen würde. In den folgenden Tagen trafen wir uns zusammen mit der ganzen Gruppe wieder und redeten nicht unter vier Augen. Er lud uns, wie es seine Gewohnheit war, ins Restaurant der Avenue Reille zum Essen ein. An jenem Abend war sein Freund von Air Maroc dabei. Und wie üblich schenkte er uns »zollfreie« amerikanische Zigaretten, Parfüms, Füllfederhalter und kleine Souvenirs, die er aus Casablanca mitgebracht hatte.

Ich wollte ihn nicht in Verlegenheit bringen, indem ich

ihn fragte, ob er wirklich im Pavillon der französischen Provinzen wohnte. Wir begleiteten ihn noch mehrmals nachts bis zu diesem Pavillon, und ich sah ihn die große Treppe hinaufgehen, aber ich hatte keine Lust mehr, mich auf die Bank zwischen den Ligusterbüschen zu setzen, um abzuwarten, ob er einige Minuten später wieder herauskäme.

An einem Spätnachmittag in jenem September, als wir auf dem Rasen der Cité Universitaire lagen, um die letzten schönen Tage auszunutzen, zeigte uns Pacheco Fotos vom Flughafen und von den Straßen Casablancas. Auf einem davon stand er in Stewarduniform vor einem Gebäude, dessen Weiß vom Blau des Himmels abstach. Alles war klar zu sehen in dieser sonnenbeschienenen Szenerie: die Farben, Blau und Weiß, der Schatten, der zu Füßen des Gebäudes lag, die sandfarbene Stewarduniform, das Lächeln Pachecos und der schimmernde Rumpf eines Sportflugzeugs im Hintergrund. Ich jedoch dachte an einen gewissen Philippe de Bellune, dessen Gestalt sich vor langer Zeit im Nebel verloren hatte. Sein Schicksal war so unklar gewesen, daß man ihn nach dem Krieg für tot hielt. Er trug nicht einmal seinen richtigen Namen. Was für ein Leben mochte dieser Mann gehabt haben, der am 22. Januar 1918 in Paris geboren wurde? Die ersten Jahre seiner Kindheit mußte er in der Rue Greuze Nr. 4 bei seinen

Großeltern und seinen Eltern verbracht haben. Aus Neugier hatte ich im Telefonbuch nachgesehen: das Haus Nr. 4 in der Rue Greuze war jetzt der Sitz der chaldäischen Kirche. Wahrscheinlich hatte man das Erdgeschoß zur Kapelle umgebaut, um den Ritus dieser orientalischen Religion zu zelebrieren. Hatte man das Kinderzimmer unangetastet gelassen? Ich nahm mir vor, einen Gottesdienst der chaldäischen Glaubensgemeinschaft zu besuchen und mich aus der Kapelle zu stehlen, um die anderen Stockwerke des Palais zu besichtigen. Und vielleicht Zeugen zu finden, die Pacheco in der Rue Greuze gekannt hatten. In der Nummer 2, im Nebenhaus, hatte um 1920 eine Prinzessin Duleep-Singh gewohnt, und dieser Name rief eine Kindheitserinnerung in mir wach: Ich warte an einem Freitagabend in einem Bahnhof der normannischen Küste auf meinen Vater. Unter den Reisenden, die aus dem von Paris kommenden Zug aussteigen, eine dunkelhaarige Frau, umringt von mehreren Dienern im Turban und jungen Engländerinnen in Reithosen, die wohl die Rolle von Gesellschafterinnen innehaben. Sie stapeln zahlreiche Koffer auf Gepäckkarren. Einer von ihnen rammt mich im Vorbeifahren. Ich falle und verletze mich am Knie. Sofort hilft mir die Frau auf, beugt sich zu mir herab und säubert mittels eines Taschentuches und eines Parfümfläschchens mit mütterlicher Geste

die Schramme an meinem Knie. Es ist eine etwa dreißigjährige Frau, deren Gesicht mich durch seine Sanftheit und Schönheit bezaubert. Sie lächelt mich an. Sie streicht mir übers Haar. Vor dem Bahnhof warten mehrere amerikanische Wagen auf sie.
»Eine Hinduprinzessin«, sagt mein Vater.

*

In welchem Internat hatte man das Kind Philippe Riclos y Perez de Pacheco angemeldet? Wer waren seine Freunde im Jahr 1938, als er zwanzig war? Welchen Beruf wählte er? Ich stellte mir vor, daß er sich selbst überlassen war. Der Krieg und die Besatzung hatten vollends Unordnung und Verwirrung gestiftet bei einem jungen Mann von sehr unentschiedener Persönlichkeit. Er war sich wohl nicht einmal seiner Identität ganz sicher, denn er nannte sich zu diesem Zeitpunkt Philippe de Bellune, als wollte er sich an den einzigen Anhaltspunkt klammern, den er in seinem Leben hatte, einen sehr fernen Anhaltspunkt: seinen Vorfahr, den Marschall Victor, Herzog von Bellune.
Zweifellos war er das Opfer schlechten Umgangs. In dem Artikel von 1946 heißt es, daß eine Vorladung an ihn und mehrere andere Personen ergangen sei, unter

anderem eine »Gräfin« von Seckendorff und einen »Baron« von Kermanor. Waren diese Adelstitel genauso echt wie der von Philippe de Bellune? Die Liste, die in der Zeitung aus dem Jahr 1948 abgedruckt war, enthielt wieder ihre drei Namen.

Fortsetzung des Verfahrens wegen geheimer Verbindungen zum Feind gegen:

1) Lebobe, André, geboren am 6. Oktober 1917 in Paris XIV. Makler. 22, Rue Washington.
2) Sherrer, Alfred, genannt »der Admiral«, geboren am 26. März 1915 in Hanoi (Indochina). Wohnsitz unbekannt.
3) Philippe de Bellune, geboren in Paris am 22. Januar 1918, Sohn des Riclos y Perez de Pacheco, Mario und der Werry de Hults, Eliane, Wohnsitz unbekannt.
4) Bremont, Roger, geboren am 24. Februar 1910 in Paris, alias Breugnot, Roger, Wohnsitz unbekannt.
5) Yevremovitch, Miodraf, genannt »Draga«, geboren am 23. März 1911 in Valdejo (Jugoslawien), früher wohnhaft in Paris, 2, Square des Aliscamps (XVI. Arrondissement), jetziger Wohnsitz unbekannt.
6) Ruiz, José, genannt »Vincent«, genannt »Vriarte,

Vincent«, geboren am 26. April 1917 in Sestao (Spanien), Wohnsitz unbekannt.

7) Galleran, Héloïse, verheiratete Pelaez, geboren am 24. April 1914 in Luenco (Spanien), jetziger Wohnsitz unbekannt.

8) de Reith, Hildegarde-Jeanne-Caroline, verheiratete von Seckendorff, geboren am 18. Februar 1907 in Mayen (Deutschland), früher wohnhaft in Paris, 41, Avenue Foch, jetziger Wohnsitz unbekannt.

9) Léger, Yves, letzter bekannter Wohnsitz: 14, Rue des Dardanelles.

10) Watchmann, Johannes, letzter bekannter Wohnsitz: 76, Avenue des Champs-Élysées.

11) Fercrou, letzter bekannter Wohnsitz: 1, Rue Lord-Byron.

12) Cremer, Edmond, genannt »Piguet«, genannt »Baron von Kermanor«, geboren am 31. Oktober 1905 in Brüssel. Letzter bekannter Wohnsitz: 10, Rue Berteaux-Dumas (Neuilly).

Die Angeklagten sind der Verhandlung am 3. November 1947 ferngeblieben.

Und keiner von ihnen war zur Verhandlung am 25. Februar 1948 erschienen, wie es der Präsident des Gerichtshofs angeordnet hatte. Sie waren für immer verschwunden.

War Philippe de Bellune wirklich im Lager Dachau interniert gewesen? Und wo hatte er bei seiner Rückkehr nach Paris Zuflucht gesucht, um der Justiz zu entkommen, die Rechenschaft von ihm forderte? Ich stellte mir vor, wie er sich nachts in die kleine Wohnung in der Rue du Dôme stahl, wo diese Gräfin Hults Bellune alias Frau von Pacheco – seine Mutter – ihn heimlich empfing, denn sie mußte den Polizisten, die ihren Sohn suchten, erklärt haben, er sei doch tot.

Oft trafen sich Mutter und Sohn aus Vorsicht nicht in der Wohnung, sondern in den Cafés des Viertels – Place Victor-Hugo, Avenue de la Grande Armée ... Eines Abends hatten sie zusammen das Pfandhaus in der Rue Pierre-Charron aufgesucht, um sich den Erlös des letzten wertvollen Schmuckstücks zu teilen, das sie versetzte. Dann waren sie die Champs-Élysées zurückgegangen. Es war ein Winterabend des Jahres 1948, der Tag, an dem die zweite Suchanzeige erschienen war, ein Beweis, daß die Justiz noch am Tod Philippe de Bellunes zweifelte ... Sie hatten sich an der Metrostation George-V getrennt, wo er sich in der Feierabendmenge verlor.

Zwanzig Jahre waren vergangen. Und auf dem großen Rasen zeigte Pacheco uns seine Fotos aus Marokko wie ein Tourist bei der Rückkehr vom Urlaub. Vielleicht würde er uns später zu einer Diavorführung in sein

Zimmer im Pavillon der französischen Provinzen einladen. Ich machte mir ja wohl falsche Vorstellungen über ihn. An jenem Abend hatten wir uns schließlich alle um einen der Tische in der Cafeteria versammelt, und ich erinnere mich, daß einer der Marokkaner und seine schwedische Freundin zu der Musik, die aus einem Transistorradio kam, tanzten. Auch Pacheco tanzte. Er trug ein dunkelblaues Polohemd, eine Sonnenbrille, und sein ganz kurz geschnittenes Haar machte ihn noch jünger. Am Ende bezweifelte ich, daß das Geburtsdatum dieses Mannes der 22. Januar 1918 war.

*

In der folgenden Woche waren Jacqueline und ich allein mit Pacheco in einem der Cafés gegenüber dem Charléty-Stadion. Neben ihm sein schwarzer Lederkoffer.

»Würden Sie mir einen Gefallen tun?« fragte er.

Er wußte, daß Jacqueline ein Zimmer am Boulevard Kellermann bewohnte. Könne er ihr für ein paar Tage diesen Koffer anvertrauen? Er müsse seiner Arbeit wegen wieder verreisen und wolle ihn nicht in seinem Zimmer im Pavillon der französischen Provinzen lassen, denn die Tür sei nicht abschließbar: Er habe in den

Koffer Kleidungsstücke und persönliche Gegenstände gepackt, die nur für ihn von Wert seien.

Er begleitete uns bis zu dem Haus am Boulevard Kellermann, doch mit hinaufkommen wollte er nicht. Im Hof übergab er mir den Koffer.

»Sie schicken mich wieder nach Marokko ... Aber ich komme nächste Woche zurück ... Ich werde Ihnen eine Postkarte schreiben ...«

Er blieb mitten im Hof stehen. Ich spürte, daß er mir etwas sagen wollte, aber er konnte sich nicht entschließen. Ich hatte den Koffer in der Hand. Er sah mich aus seinen leeren Augen starr an.

»Würden Sie mir noch einen Gefallen tun?«

Er reichte mir einen großen braunen Briefumschlag.

»Das sind meine Unterlagen für die Einschreibung an der Naturwissenschaftlichen Fakultät in diesem Jahr. Man müßte sie vor dem Wochenende zur Halle aux Vins bringen.«

»Verlassen Sie sich auf uns«, sagte ich.

Er schüttelte uns die Hand. Wieder blickte er mich an. Nachdem er mit dem Arm eine Abschiedsgeste angedeutet hatte, kehrte er uns jäh den Rücken. Ich sah, wie er den Boulevard überquerte und an der Mauer der SNECMA entlang in Richtung Montsouris-Park ging.

Die Tage, die Monate vergingen, ohne daß wir noch irgendeine Nachricht von ihm bekamen. Er schickte uns nicht, wie er doch versprochen hatte, eine Postkarte aus Marokko. Wir verstauten den Koffer im Wandschrank des Zimmers am Boulevard Kellermann. Die Einschreibungsunterlagen für die Naturwissenschaftliche Fakultät der Halle aux Vins, die er mir anvertraut hatte, waren nur ein Antrag, die Vorlesungen als Gasthörer besuchen zu dürfen. Und dieser Antrag war tatsächlich im Namen Philippe de Pachecos formuliert. Unsere Freunde von der Cité Universitaire wunderten sich nicht über seine Abwesenheit:
»Eines Tages wird er wiederkommen, er wird uns Stangen amerikanischer Zigaretten mitbringen ...«
Doch sie sprachen mit immer mehr Gleichgültigkeit über ihn, wie über irgendeinen jener Hunderte von Bewohnern, dem man einmal auf dem Flur begegnet und in dessen Gesellschaft man sich zufällig an einem Tisch der Cafeteria wiederfindet.

*

Eines Abends beschloß ich, den Koffer zu öffnen. Ich hatte auf der Terrasse des Café Babel am Rand des Montsouris-Parks den großen Dunkelhaarigen getroffen, der bei Air Maroc arbeitete. Ich hatte ihn nach Neuigkeiten von Pacheco gefragt.

»Ich glaube nicht, daß er zurückkommt. Er wird für immer in Casablanca bleiben.«

»Kennen Sie seine Adresse?«

»Nein.«

Ich war vom Gegenteil überzeugt. Er wußte besser Bescheid, als er mir sagen wollte.

»Dann bleibt er also lieber dort unten?«

»Ja.«

Zurück im Zimmer, holte ich den schwarzen Lederkoffer aus dem Schrank. Er war abgesperrt, aber mit Hilfe eines Messers konnte ich das Schloß aufbrechen.

Es war nichts Besonderes darin: der verblichene Mantel des Clochards, den ich in jenem Winter vor zwei Jahren in der Gegend der Cité Universitaire bemerkt hatte. Eine schwarze Samthose. In einer der Manteltaschen entdeckte ich eine abgewetzte Brieftasche aus Saffianleder, deren Inhalt ich auf den Küchentisch leerte.

Ein zehn Jahre alter Personalausweis auf den Namen Philippe de Pacheco, geboren am 22. Januar 1918. Die auf dem Ausweis angegebene Adresse war: 183, Rue Belliard, Paris XVIII. Zweimal zusammengefaltet, der Entwurf eines Briefes – den Streichungen und einigen zwischen den Zeilen eingefügten Wörtern nach:

Paris, 15. Februar 1954

Sehr geehrter Herr Direktor,
ich bin zur Zeit im Auffanglager der Heilsarmee auf dem Kahn am Quai d'Austerlitz, gegenüber dem Bahnhof. Es gibt einen Eßraum, Duschen, und der Schlafraum ist gut geheizt. Letzten Herbst habe ich mehrere Wochen im Obdachlosenzentrum der Rue Cantagrel verbracht, wo ich in einer Werkstatt arbeitete. Ich habe keine besondere Qualifikation, außer daß ich seit meinem 15. Lebensjahr im Gaststättengewerbe (Cafés, Restaurants usw.) angestellt war.
Hier eine Liste meiner verschiedenen Stellen, von Anfang an:
Kellner: von 1933 bis 1939 Restaurant La Flotte, 118, Quai de l'Artois, Le Perreux. Von 1940 (demobilisiert) bis Juni 1942 Café Les Tamaris, 122, Rue d'Alésia (XIV. Arr.). Von Juni 1942 bis November 1943 Le Polo, 72, Avenue de la Grande-Armée. Von November 1943 bis August 1944 Restaurant Chez Alexis, 47, Rue Notre-Dame-de-Lorette (IX. Arr.). Von 1949 bis 1951 Nachtportier in der Pension Keppler, 9, Rue Keppler (XVI. Arr.)
Ich unterliege noch einem Aufenthaltsverbot im Departement Seine, und ich habe alle meine Papiere verloren.

In der Hoffnung, daß Sie etwas für mich tun können, hochachtungsvoll

Lombard.

Außer diesem Brief enthielt die Brieftasche eine Seite aus einer Illustrierten, ebenfalls zweimal gefaltet: Der Artikel berichtete von den Ereignissen jener Nacht im April 1933, in der Urbain und Gisèle T. von Montparnasse nach Le Perreux geirrt waren, bevor sie in Begleitung der beiden anderen Paare in die Rue des Fossés-Saint-Jacques zurückkehrten. Mehrere braungetönte Fotos bebilderten die Seite. Auf einem sah man das Tanzlokal von Le Perreux, auf einem anderen den Eingang des Hauses Nr. 26, Rue des Fossés-Saint-Jacques. Oben links das Foto eines sehr jungen Mannes mit dunklen, glatten Haaren: Trotz des Zeitabstands erkannte ich mühelos den angeblichen Pacheco. Der Brauenbogen, die gerade Nase und der fleischige Mund waren dieselben. Neben dem Foto eine Legende: »Charles Lombard, Angestellter eines Tanzlokals in Le Perreux, hat das Paar in jener Nacht bedient.«

So hieß dieser Mann, mit dem ich monatelang verkehrt hatte, also nicht Philippe de Pacheco. Es handelte sich um einen gewissen Charles Lombard, einen ehemaligen Kellner, der die Obdachlosenheime der Heilsarmee frequentierte und insbesondere den am Quai d'Austerlitz vertäuten Kahn. Warum hatte er mir seinen Koffer hinterlassen? Wollte er mir eine Lehre erteilen, indem er mir zeigte, daß die Wirklichkeit unergründlicher war, als ich dachte? Oder hatte er ganz einfach seine alte Hülle abgestreift in der Gewißheit, daß er in Casablanca oder anderswo ein neuer Mensch werden würde?

Wo und zu welchem Zeitpunkt hatte Lombard sich die Identität Pachecos angeeignet? Der Personalausweis war von 1955. In diesem Jahr hatte Pacheco also noch gelebt. Das Foto auf diesem Ausweis war das des Mannes, den ich in der Cité Universitaire gekannt hatte, mit richtigem Namen Charles Lombard, und er hatte es geschickt gegen das von Pacheco ausgetauscht, denn es trug den Stempel der Polizeipräfektur. An diesem Abend ging ich noch zum Haus Nr. 183 in der Rue Belliard, nahe der Porte Clignancourt, und die Concierge sagte mir, daß kein Bewohner des Hauses je den Namen Pacheco getragen habe.

Die Justiz hatte wohl darauf verzichtet, Pacheco zu finden. Ich erfuhr, daß für das Delikt der »geheimen Verbindungen zum Feind« nach einer gewissen Zeit ein Amnestiegesetz erlassen worden war. Aller Wahrscheinlichkeit nach hatte sich der aus dem Nichts auftauchende Pacheco gerade in dem Moment einen Personalausweis ausfertigen lassen.

Ich stellte mir vor, daß er den Anblick eines Clochards bot. Auf dem Kahn am Quai d'Austerlitz hatte er Lombard als Schlafnachbarn gehabt. Der hatte ihm seinen Ausweis gestohlen. Übrigens war in diesem Austerlitz-Viertel zwischen Quai de la Gare und Jardin des Plantes alles möglich: Die Nacht ist dort so tief mit ihren Wein- und Kohlegerüchen und ihrem Raubtiergebrüll, daß ein Clochard vom Deck eines Kahns in die Seine fallen, ertrinken kann, und niemand beachtet es.

Kannte Lombard Pachecos Vergangenheit in dem Augenblick, als er ihm seinen Personalausweis stahl? Jedenfalls wußte er, daß Philippe de Pacheco sich Philippe de Bellune nannte und daß er ein Nachkomme des Marschalls Victor war. Ich hörte noch, wie er mir in der Cafeteria der Cité Universitaire mit seiner dumpfen Stimme sagte: »Als ich jünger war, nannte ich mich Philippe de Bellune, aber ich hatte keinerlei Anrecht auf diesen Titel.«

Im Schlafraum des Kahns am Quai d'Austerlitz hatte Pacheco sich Lombard anvertraut und ihm sein Leben erzählt. Warum war auf dem Personalausweis als Wohnsitz 183, Rue Belliard im XVIII. Arrondissement angegeben? Lebte seine Mutter noch? Wo? So viele Fragen, deren Antworten sich zweifellos in einer Akte unter anderen Akten auf der Polizeipräfektur befanden. Darin standen auch die Gründe für seine Internie-

rung in Dachau und für die Anklage wegen »geheimer Verbindungen zum Feind«. Doch wie gelangte man an diese Akte?
Und wenn Pacheco weiterhin in den verschiedenen Asylen der Heilsarmee Zuflucht gesucht hätte? Der Verlust seines Personalausweises ließ ihn gleichgültig. Schon längst war er für alle tot... Vielleicht hatte er den Kahn am Quai d'Austerlitz gar nicht verlassen.
Nachmittags schlenderte er den Quai entlang, oder er besuchte den Jardin des Plantes und verbrachte den restlichen Tag in der Bahnhofshalle sitzend, bevor er zum Abendessen auf den Kahn zurückkehrte und sich dann im Schlafraum auf die Pritsche fallen ließ. Und die Nacht senkte sich über das Viertel, wo mein Vater einige Jahre zuvor ebenfalls wie ein Clochard ausgesehen hatte. Nur daß die Magasins Généraux de Paris, wo man ihn mit Hunderten von Leuten eingesperrt hatte, nicht die Heilsarmee waren.
In seinem nebelverhangenen Gedächtnis trieben Bruchstücke der Vergangenheit: Das Palais in der Rue Greuze. Der Hund, den seine Großeltern ihm zu Weihnachten geschenkt hatten. Ein Stelldichein mit einem rotblonden Mädchen. Sie waren zusammen ins Kino gegangen, auf den Champs-Élysées. Zu jener Zeit nannte er sich Philippe de Bellune. Die Besatzungszeit war gekommen mit all jenen Leuten, die ebenfalls ko-

mische Namen und falsche Adelstitel trugen. Sherrer, genannt »der Admiral«, Draga, Frau von Seckendorff, der Baron von Kermanor ...

Ich hatte mich auf die Terrasse eines der Cafés gegenüber dem Charléty-Stadion gesetzt. Ich sammelte alle Hypothesen bezüglich Philippe de Pacheco, von dem ich nicht einmal das Gesicht kannte. Ich machte Notizen. Ohne mir dessen wirklich bewußt zu sein, begann ich mein erstes Buch. Es war keine Berufung und keine besondere Begabung, die mich zum Schreiben drängten, sondern ganz einfach das Rätsel, das mir ein Mann aufgab, den zu finden ich keine Chance hatte, und all die Fragen, auf die es niemals eine Antwort geben würde.

Die Jukebox hinter mir spielte einen italienischen Schlager. Der Geruch von verbrannten Reifen lag in der Luft. Unter dem Laubwerk der Bäume des Boulevard Jourdan ging ein Mädchen. Ihr blonder Pony, ihre Wangen und ihr grünes Kleid waren die einzige frische Note an diesem beginnenden Ausgustnachmittag. Wozu versuchen, unlösbare Geheimnisse aufzudecken und Gespenster zu verfolgen, wenn das Leben hier war, ganz einfach, in der Sonne?

*

Mit zwanzig Jahren empfand ich Erleichterung, wenn ich über den Pont des Arts vom linken Ufer aufs rechte Ufer der Seine wechselte. Die Nacht war schon hereingebrochen. Ich drehte mich ein letztes Mal um, um über der Kuppel des Instituts den Nordstern funkeln zu sehen.

Die Viertel des linken Ufers waren nichts als Provinz. Sobald ich das rechte Ufer betreten hatte, schien mir die Luft leichter.

Heute frage ich mich, wovor ich floh, wenn ich den Pont des Arts überquerte. Vielleicht vor dem Viertel, das ich mit meinem Bruder gekannt hatte und das ohne ihn nicht mehr das gleiche war: die Schule in der Rue du Pont-de-Lodi, das Rathaus des VI. Arrondissements, wo die Preisverleihungen stattfanden, der 63er Bus, auf den wir vor dem Café de Flore warteten und der uns in den Bois de Boulogne brachte ... Lange Zeit verspürte ich ein Unbehagen, wenn ich durch gewisse Straßen des linken Ufers ging. Jetzt ist mir das Viertel gleichgültig geworden, als wäre es nach einer Bombardierung Stein um Stein wieder aufgebaut worden, hätte aber seine Seele verloren. Und doch habe ich an einem Sommernachmittag an der Biegung der Rue Cardinale blitzartig etwas vom Saint-Germain-des-Prés meiner Kindheit wiedergefunden, etwas, das Ähnlichkeit hatte mit der Altstadt von Saint-Tropez, ohne Touristen. Vom Kirchplatz aus fiel die Rue Bonaparte zum Meer ab.

Wenn ich den Pont des Arts überquert hatte, begab ich mich unter das Gewölbe des Louvre, ein Gebiet, das mir ebenfalls seit langem vertraut war. Im Gewölbe kam von der linken Seite des Durchgangs, wo wir uns nie hinwagten, ein Geruch nach Keller, Urin und vermodertem Holz. Das Tageslicht fiel durch eine schmutzige Scheibe voller Spinnweben und ließ Schutthaufen, Balken und alte Gartengeräte im Halbdunkel. Wir glaubten fest, daß sich dort Ratten versteckten, und beschleunigten den Schritt, um in die frische Luft zu kommen, in den Hof des Louvre.

Überall im Hof wuchs das Gras aus den Fugen zwischen den Pflastersteinen. Auch hier türmten sich Schutt, behauene Steine und verrostete Eisenstangen.

Der von den Flügeln des Palastes eingerahmte Cour du Carrousel mit den beiden kleinen Grünflächen war von Steinbänken gesäumt. Niemand saß auf diesen Bänken. Nur wir. Und manchmal ein Clochard. In der Mitte der ersten Grünfläche, auf einem Sockel, der so hoch war, daß man die Statue kaum sehen konnte, verlor sich der General Lafayette in den Lüften. Ein Rasen, der nicht gemäht wurde, umgab den Sockel. Wir konnten spielen und uns ins hohe Gras legen, ohne daß uns je ein Wärter zurechtwies.

Auf der zweiten Grünfläche zwischen den Büschen zwei Bronzestatuen nebeneinander: Kain und Abel. Die Umzäunung stammte aus dem Zweiten Kaiserreich. Am Eingang des Louvre-Museums drängten sich die Besucher, wir aber waren die einzigen Kinder, die sich in diesen verlassenen Anlagen herumtrieben.

Die geheimnisvollste Zone erstreckte sich links von den Jardins du Carrousel entlang dem Südflügel, der mit dem Pavillon de Flore endet. Das war ein breiter Weg, durch einen Zaun von den Gärten getrennt und von Laternen gesäumt. Wie im Hof des Louvre wuchs das Unkraut zwischen den Pflastersteinen hervor, an vielen Stellen waren sie aber verschwunden und gaben die nackte Erde frei. Oben, in einer Vertiefung der Mauer des Südflügels, eine Uhr. Und hinter der Uhr die Zelle des Gefangenen von Zenda. Keiner von den Spaziergängern in den Jardins du Carrousel verirrte sich auf diesem Weg. Wir spielten ganze Nachmittage lang zwischen den zerbrochenen Brunnenschalen und Statuen, den Steinen und welken Blättern. Die Uhrzeiger bewegten sich nicht. Sie zeigten für immer auf halb sechs. Diese reglosen Zeiger versetzen uns in eine tiefe, beruhigende Stille. Man braucht nur auf dem Weg zu bleiben, und nichts wird sich je mehr verändern.

Im Hof des Louvre gab es ein Polizeikommissariat, rechts von dem Durchgang, der zur Rue de Rivoli führte. In der Nähe parkte eine grüne Minna. Beamte in Uniform standen vor der angelehnten Tür, aus der gelbes Licht drang. Im Gewölbe rechts der Haupteingang des Kommissariats. Für mich war das der Grenzposten, der den Übergang vom linken zum rechten Ufer markierte, und ich prüfte, ob ich auch meinen Personalausweis in der Tasche hatte.
Die Arkaden der Rue de Rivoli entlang den Magasins du Louvre. Die Place du Palais Royal und ihr Metroeingang. Wenn man hinabstieg, kam man in einen Gang, in dem kleine Schuhputzerbuden mit ihrem Ledersitz und Schaufenster mit Talmi und Souvenirs aufeinanderfolgten. Jetzt brauchte man nur noch das Ziel der Reise zu wählen: Montmartre oder die westlichen Viertel.

*

An der Station Lamarck-Caulaincourt mußte man den Aufzug nehmen, um hinauszukommen. Er war von der Größe einer Seilbahnkabine, und im Winter, wenn es in Paris geschneit hatte, konnte man glauben, er bringe einen an den Beginn einer Skipiste.
Draußen stieg man eine Treppe hinauf, um in die Rue

Caulaincourt zu gelangen. In Höhe des ersten Treppenabsatzes öffnete sich an der Seite des Gebäudes linker Hand die Tür des San Cristobal.
An Julinachmittagen, wenn die Gluthitze die Straßen des Montmartre-Hügels leerfegte, herrschte dort die Stille und das Halbdunkel einer Meeresgrotte. Die Fenster mit den bunten Glasscheiben brachen die Sonnenstrahlen, die auf die weißen Wände und die dunkle Holztäfelung fielen. San Cristobal ... Der Name einer Insel des Karibischen Meers, in der Nähe von Barbados und Jamaica? Auch Montmartre ist eine Insel, die ich seit fünfzehn Jahren nicht mehr gesehen habe. Ich habe sie weit hinter mir gelassen, unberührt, im Azur der Zeit ... Nichts hat sich verändert, weder der Geruch des Hauses nach frischer Farbe noch die Rue de l'Orient, die mich immer an die steilen Straßen von Sidi-Bou-Saïd erinnern wird.
Es war die Dänin, mit der ich, am Abend meines Ausreißens aus dem Collège, zum ersten Mal ins San Cristobal gegangen bin. Wir saßen an einem der hinteren Tische, in der Nähe der bunten Glasfenster.
»Was möchtest du essen, mein Jungchen?«
Während des Essens habe ich versucht, mit ihr über meine Zukunft zu sprechen. Wenn sie jetzt im Collège nichts mehr von mir wissen wollten, würde ich meine Ausbildung fortsetzen können? Oder müßte ich mir

schon eine Arbeit suchen?

»Denk nicht an morgen ... Nimm lieber einen Nachtisch ...«

Sie hatte den Ernst der Lage offenbar nicht erkannt. Ein großer Blonder in einem Glencheckanzug betrat das San Cristobal und kam auf unseren Tisch zu.

»Tag, Tony.«

»Tag.«

Sie schien entzückt, ihn zu sehen. Ihr Gesicht strahlte. Er setzte sich neben uns.

»Ich stelle dir einen Freund vor, der heute abend ganz allein war ...«, sagte sie und zeigte auf mich. »Da habe ich ihn zum Essen eingeladen.«

»Das hast du gut gemacht.«

Er lächelte mir zu.

»Monsieur sind in der Musikbranche?«

»Nein, nein ...«, sagte sie. »Er ist aus seinem Collège ausgerissen.«

Er runzelte die Stirn.

»So was Dummes ... Und er hat keine Eltern?«

»Sie sind verreist«, stammelte ich.

»Tony wird im Collège anrufen«, sagte die Dänin. »Er wird sich als dein Vater ausgeben und ihnen erklären, daß du gut nach Hause gekommen bist ...«

»Glaubst du wirklich, daß das eine gute Idee ist?« fragte Tony.

Er drehte vorsichtig das glühende Ende seiner Zigarette auf dem Rand des Aschenbechers.
»Du wirst es tun, Tony ...«
Sie hatte einen gebieterischen Ton angeschlagen und drohte mit dem Zeigefinger.
»Na gut ...«
Sie selbst erfragte bei der Auskunft die Telefonnummer der Schule. Sie schrieb sie auf ein Stück Papier.
»Jetzt bist du dran, Tony ...«
»Wenn es sein muß ...«
Er stand auf und ging mit lässigem Schritt zur Telefonkabine.
»Du wirst sehen ... Tony wird die Sache einrenken ...«
Nach einer Weile kam er an unseren Tisch zurück.
»Also ... Sie haben gesagt, mein Sohn wäre von der Schule verwiesen und ich sollte noch vor dem Wochenende seine Sachen abholen ...«
Er zuckte betrübt die Achseln. Ich mußte plötzlich sehr blaß geworden sein. Er legte mir die Hand auf die Schulter.
»Mach dir keine Sorgen ... Sie können dich nicht mehr ärgern ... Ich habe ihnen gesagt, daß du zu uns nach Hause gekommen bist ...«
Wir standen alle drei auf der Rue Caulaincourt.
»Ich werde dich nicht ins Kino begleiten können«,

sagte die Dänin zu mir. »Ich muß ein bißchen bei Tony bleiben ...«

Sie hatte vorgehabt, mit mir im Gaumont-Palace *Salomon und die Königin von Saba* anzusehen. Sie kramte in ihren Taschen und gab mir einen Zehnfrancsschein.

»Du gehst allein ins Gaumont, wie ein Großer ... Und danach nimmst du die Metro und kommst zum Schlafen zu mir ... Richtung Porte Dauphine, bis Étoile ... Dann fährst du Richtung Nation und steigst am Trocadéro aus.«

Sie lächelte mir zu. Er gab mir die Hand. Sie stiegen beide in seinen blauen Wagen ein, der um die erste Ecke verschwand.

Ich bin nicht ins Kino gegangen an jenem Abend. Ich habe einen Spaziergang durch das Viertel gemacht. Als ich die Avenue Junot hinaufging, kam ich zum Château des Brouillards. Ich war sicher, daß ich eines Tages in dieser Gegend wohnen würde.

*

Ich erinnere mich an eine Fahrt im Automobil, fünf Jahre später, von Pigalle zu den Champs-Élysées. Ich hatte Claude Bernard in seiner Buchhandlung in der

Avenue de Clichy abgeholt, und er wollte mit mir ins Kino gehen, um *Lola* oder *Adieu Philippine* zu sehen, die mir in schöner Erinnerung sind ... Mir scheint, als lebten die Wolken, die Sonne und die Schatten meiner zwanzig Jahre wunderbarerweise in diesen Filmen weiter. Gewöhnlich unterhielten wir uns nur über Bücher und Filme, doch an jenem Abend habe ich auf meinen Vater und seine Abenteuer unter der Besatzung angespielt: die Lagerhallen am Quai de la Gare, Pagnon, die Bande von der Rue Lauriston ... Er wandte mir sein Gesicht zu.

»Einer der ehemaligen Aufpasser der Rue Lauriston macht jetzt vor Nachtlokalen den Türsteher.«

Woher wußte er das? Ich war nicht geistesgegenwärtig genug, es ihn zu fragen.

»Wollen Sie ihn sehen?«

Wir folgten dem Boulevard de Clichy und hielten an der Place Pigalle, neben dem Bassin. Es war ungefähr neun Uhr abends.

»Das ist er ...«

Er zeigte mir einen Mann im dunkelblauen Anzug, der vor Les Naturistes Wache schob.

Um Mitternacht gingen wir zu Fuß die Rue Arsène-Houssaye hinauf, oben an den Champs-Élysées, wo Claude Bernard seinen Wagen geparkt hatte. Und da begegneten wir ihm wieder. Er trug immer noch seinen

dunkelblauen Anzug. Und eine Sonnenbrille. Er stand regungslos auf dem Gehweg, zwischen zwei benachbarten Kabaretts, so daß man nicht recht wußte, für welches er arbeitete.
Ich hätte ihn gern zum Thema Pagnon befragt, doch ich verspürte ein Unbehagen, als wir an ihm vorbeigingen. Später habe ich seinen Namen unter denen der anderen Bandenmitglieder gesucht. Zwei junge Männer hatten sich in der Rue Lauriston als Aufpasser betätigt: ein gewisser Jacques Labussière und ein gewisser Jean-Damien Lascaux. Labussière wohnte zu jener Zeit in der Rue de Ronce in Ville-d'Avray, und Lascaux irgendwo bei Villemomble. Sie waren zu einer lebenslänglichen Gefängnisstrafe verurteilt worden. Welcher der beiden war er? Auf den unscharfen Fotos, die damals, zur Zeit des Prozesses, in den Zeitungen erschienen waren, erkannte ich ihn nicht.
1970 habe ich ihn wieder auf dem Gehweg der Rue Arsène-Houssaye gesehen, reglos, an derselben Stelle, mit demselben dunkelblauen Anzug und derselben Brille. Aufpasser für alle Ewigkeit. Und ich fragte mich, ob er diese Sonnenbrille nicht trug, weil seine Augen sich in dreißig Jahren abgenutzt hatten durch das Beobachten so vieler Leute, die die Schwelle so vieler verrufener Lokale überschritten …
Einige Tage später hatte Claude Bernard hinten in sei-

ner Buchhandlung in einem Schrank gestöbert und jenen Brief zu Tage gefördert, den er mir gab und der aus der Besatzungszeit stammte. Ich habe ihn die ganzen Jahre aufgehoben. War er an ihn gerichtet?

> Mein Liebster, mein geliebter kleiner Mann, es ist ein Uhr nachmittags; ich bin sehr müde aufgewacht. Die Geschäfte sind nicht gut gelaufen. Ich habe im Café de la Paix einen deutschen Offizier getroffen, ich bin mit ihm ins Chantilly gegangen, zwei Flaschen: 140 Francs. Um Mitternacht war er müde. Ich hatte ihm erzählt, daß ich sehr weit weg wohne, da hat er mir ein Zimmer gemietet. Für sich hat er auch eins genommen. Ich habe die Provision für beide kassiert, also 260 Francs, und er hat mir 300 Francs gegeben. Das hat mir meine 25 Louis eingebracht. Er hatte sich für gestern abend mit mir in der Halle des Grand Hôtel verabredet, aber um sieben Uhr, zur vereinbarten Zeit, kam er und zeigte mir betreten den Befehl, den er erhalten hatte, nach Brest zu fahren. Nach dem mißglückten Treffen habe ich mir gedacht: »Ich gehe nach Montparnasse und schaue im Café de la Marine, ob Ange der Roßtäuscher gekommen ist.« Ich bin hingegangen. Kein Ange. Ich will gerade die Metro nehmen, da sprechen mich zwei deutsche Offiziere an und fordern mich auf, mit ihnen zu gehen,

aber ich habe gemerkt, daß es Idioten waren; ich hab's gelassen. Ich bin zurück ins Café de la Paix. Nichts zu machen. Als das Café de la Paix schloß, bin ich in die Halle des Grand Hôtel gegangen. Nichts. Ich bin in die Bar des Claridge gegangen. Protokollarisches Treffen einer Bande von Offizieren mit ihrem General. Nichts. Ich bin zu Fuß nach Pigalle zurückgekehrt. Unterwegs nichts. Es war ungefähr ein Uhr morgens. Ich gehe hinauf zum Pigall's, nachdem ich im Royal und im Monico vorbeigeschaut habe, wo nichts los war. Im Pigall's auch nichts. Auf dem Rückweg treffe ich auf zwei junge Typen, die mich mitnehmen, wir haben im Pigall's zwei Flaschen getrunken, macht 140 Francs, dann sind wir ins Barbarina gegangen, wo ich noch einmal 140 Francs kassiert habe. Heute morgen um halb sieben bin ich nach Hause gegangen zum Schlafen, völlig erledigt, mit 280 Francs. Im Barbarina habe ich Nicole getroffen, ihren Aufzug hättest du sehen sollen ... Wenn du da gewesen wärst, mein armer Jeannot, dir wäre schlecht geworden ...

Jacqueline.

Wer mochte nur Ange der Roßtäuscher sein, den diese Jacqueline im Café de la Marine treffen wollte? Im selben Café hatte ein Zeuge Gisèle und Urbain T. zu erkennen geglaubt, in jener Aprilnacht, als sie in Montparnasse in schlechte Gesellschaft geraten waren.

*

Die Champs-Élysées … Sie sind wie der Teich, den eine englische Romanautorin beschwört und auf dessen Grund die Echos der Stimmen aller Spaziergänger übereinanderliegen, die an seinen Ufern geträumt haben. Das schillernde Wasser bewahrt für immer diese Echos, und in den stillen Nächten vermischen sie sich miteinander … An einem Abend des Jahres 1942 hat sich mein Vater in der Nähe des Biarritz-Kinos von den Männern der Kommissare Schweblin und Permilleux erwischen lassen. Viel später, am Ende meiner Kindheit, begleitete ich ihn zu seinen Verabredungen in der Halle des Claridge, und wir gingen zusammen zum Essen in das chinesische Restaurant ganz in der Nähe, dessen Speiseraum im ersten Stock lag. Hatte er die andere Straßenseite im Auge, wo einige Jahre zuvor die grüne Minna wartete, die ihn ins Dépôt bringen sollte? Ich erinnere mich an sein Büro in dem ockerfarbenen Gebäude mit den großen Fenstern, 1, Rue Lord-Byron. Man konnte durch unendliche Flure auf die Avenue des Champs-Élysées gelangen. Ich glaube, er hatte dieses

Büro wegen seiner zwei Ausgänge gewählt. Er war dort immer allein mit einer sehr hübschen blonden Frau, Simone Cordier. Das Telefon läutete. Sie nahm den Hörer ab:

»Hallo ... Wer ist da?«

Dann wandte sie sich zu meinem Vater um und flüsterte ihm den Namen zu. Und sie fragte:

»Soll ich ihm sagen, daß Sie da sind, Albert?«

»Nein. Ich bin für niemanden da ...«

Und so vergingen die Nachmittage. Leer. Simone Cordier tippte Briefe auf der Maschine. Mein Vater und ich gingen oft ins Kino auf die Champs-Élysées. Er sah mit mir die alten Filme an, die er gemocht hatte. In einem spielte die deutsche Schauspielerin Dita Parlo mit. Nach dem Kino waren wir zu Fuß die Avenue hinuntergegangen. Er hatte mir in einem für ihn ungewohnt vertraulichen Ton gesagt:

»Simone war eine Freundin von Dita Parlo ... Ich habe die beiden zur gleichen Zeit kennengelernt ...«

Dann war er verstummt, und das Schweigen zwischen uns hatte bis zur Place de la Concorde gedauert, wo er mir Fragen über die Schule stellte.

Zehn Jahre später suchte ich jemanden, der meinen ersten Roman abtippen könnte. Ich hatte die Adresse von

Simone Cordier wiedergefunden. Ich rief sie an. Sie schien überrascht, daß ich mich nach all der Zeit an sie erinnerte, doch sie lud mich ein, sie in ihrer Wohnung in der Rue de Belloy aufzusuchen.

Ich betrat die Wohnung mit meinem Manuskript unterm Arm. Sie fragte mich zuerst nach meinem Vater, und ich konnte ihr nicht antworten, denn ich wußte nichts mehr von ihm.

»Sie schreiben also Romane?«

Mit unsicherer Stimme bejahte ich. Sie führte mich in ein Zimmer, das der Salon sein mußte, wo aber kein Möbelstück mehr stand. Die beige Farbe der Wände war stellenweise abgeblättert.

»Gehen wir zur Bar«, sagte sie.

Und sie zeigte mit einer saloppen Gebärde auf eine kleine weiße Bar im Hintergrund des Zimmers. Im ersten Augenblick hatte mich die Gebärde durch ihre scheinbare Ungezwungenheit überrascht; heute verstehe ich, welche Verlegenheit und Verwirrung sich dahinter verbarg. Sie stellte sich hinter die Bar. Ich legte mein Manuskript darauf.

»Darf ich Ihnen einen Whisky einschenken?« fragte sie.

Ich wagte nicht nein zu sagen. Wir standen jeder auf einer Seite der Bar im diffusen Licht einer Wandleuchte. Sie schenkte auch sich Whisky ein.

»Trinken Sie ihn wie ich? Pur?«

»Ja.«

Ich hatte keinen Whisky mehr getrunken, seit die Dänin mir bei Malafosse einen spendiert hatte, vor so langer Zeit ...

Sie nahm einen großen Schluck.

»Und ich soll Ihnen das alles tippen?«

Sie zeigte auf das Manuskript.

»Wissen Sie, ich tippe schon lange nicht mehr ...«

Sie war nicht gealtert. Dieselben grünen Augen. Was den schönen Schnitt ihres Gesichts ausmachte, war intakt geblieben: die Stirn, der Brauenbogen, die gerade Nase. Doch ihr Teint war etwas gerötet.

»Ich müßte wieder anfangen ... Denn ich bin aus der Übung ...«

Ich fragte mich plötzlich, wo sie in diesem leeren Zimmer hätte tippen können. Im Stehen, die Schreibmaschine auf der Bar?

»Wenn Ihnen das lästig ist«, sagte ich, »dann lassen wir's ...«

»Aber nein ... keineswegs ...«

Sie schenkte sich erneut Whisky ein.

»Ich fange wieder an ... Ich werde eine Maschine ausleihen ...«

Sie schlug mit der flachen Hand auf die Bar.

»Sie lassen mir drei Seiten da und kommen in vierzehn

Tagen wieder ... Sie bringen mir noch einmal drei Seiten ... Und so weiter ... Paßt Ihnen das?«

»Ja.«

»Noch ein Whisky?«

Nachdem ich die Wohnung von Simone Cordier verlassen hatte, bin ich nicht gleich an der Station Boissière in die Metro eingestiegen. Es war dunkel, und ich machte einen Spaziergang durch das Viertel.

Ich hatte ihr drei Seiten meines Manuskripts dagelassen ohne große Hoffnung, daß sie sie auf der Maschine schreiben würde. Sie hatte mit den Schultern gezuckt, als ich ihr sagte, ich sei seit fünf Jahren ohne Nachricht von meinem Vater. Wahrhaftig, nichts, was »Albert« betraf, konnte sie in Erstaunen versetzen, nicht einmal sein Verschwinden.

Es hatte geregnet. Der Geruch von Benzin und nassem Laub lag in der Luft. Plötzlich dachte ich an Pacheco. Ich stellte mir vor, wie er auf demselben Gehweg dahinschritt. Ich war auf der Höhe des Hôtel Baltimore angelangt. Ich wußte, daß er eines Abends zu einer Verabredung in dieses Hotel gegangen war, und ich fragte mich, was für eine Person er wohl dort getroffen haben mochte. Vielleicht Ange den Roßtäuscher.

Die einzige persönliche Aussage, die ich je über Pacheco bekam, hatte sich zufällig während eines Gesprächs bei Claude Bernard in seinem Haus auf der Île des Loups ergeben. Wir hatten mit einem Antquitätenhändler aus Brüssel zu Abend gegessen, den Claude Bernard mir als seinen Geschäftspartner vorstellte. Auf welchen Umwegen waren dieser Mann und ich dazu gekommen, über den Herzog von Bellune, dann über Philippe de Bellune, alias Pacheco, zu sprechen? Dieser Name erinnerte ihn an etwas. Als er sehr jung war, hatte er an einem belgischen Strand, in Heist, bei Zeebrugge, einen gewissen Felipe de Pacheco kennengelernt. Dieser wohnte bei seinen Großeltern in einer verfallenen Villa auf dem Deich. Er behauptete, er sei Peruaner.

Felipe de Pacheco verkehrte im Hôtel du Phare, dessen Besitzerin, die an der Oper von Lüttich Sängerin gewesen war, manchmal abends für die Gäste ein Konzert gab. Er war in ihre Tochter verliebt, eine sehr hübsche Blondine namens Lydia. Er verbrachte seine Nächte mit Freunden aus Brüssel beim Bier. Er schlief bis mittags. Er hatte seine Ausbildung unterbrochen und lavierte sich so durch. Seine Großeltern waren zu alt, um auf ihn aufzupassen.

Und einige Jahre später hatte mein Gesprächspartner diesen Jungen in Paris in einer Schauspielschule wiedergetroffen, wo er sich Philippe de Bellune nannte. Er besuchte den Unterricht in Begleitung eines jungen Mädchens mit rotblondem Haar. Er war ein dunkelhaariger junger Mann mit einem Fleck auf dem Augenlid. Eines Tages hatte dieser Philippe de Bellune gesagt, er habe dank der Annoncen in einer Zeitung eine gutbezahlte Arbeit bekommen.

Man hatte sie nie mehr wiedergesehen. Weder Philippe de Bellune noch das Mädchen mit dem rotblonden Haar. Es mußte im Winter 1942 gewesen sein.

Ich habe alle Stellenangebote, die in den Zeitungen jenes Winters erschienen, durchgesehen:

> Junge Leute ohne besondere Kehntnisse für lukrative Arbeit gesucht, sofortiger Verdienst. Zuschriften an Delbarre oder Étève, Hôtel Baltimore, 88 bis, Avenue Kléber, XVI. Arr. Oder Vorstellung unter dieser Adresse ab sieben Uhr abends.

Ich erinnere mich an ein Hôtel de Belgique am Boulevard Magenta, in Höhe der Gare du Nord. Das ist das Viertel, in dem mein Vater als Kind wohnte. Und an der Gare du Nord ist meine Mutter zum ersten Mal in Paris angekommen.

Heute hatte ich Lust, wieder einmal dorthin zu gehen, aber die Gare du Nord schien mir so weit weg, daß ich darauf verzichtet habe. Hôtel de Belgique ... Ich war

sechzehn, als meine Mutter und ich im Juli in Knokke-le-Zoute gestrandet sind wie Clochards. Freunde von ihr waren so liebenswürdig, uns aufzunehmen.
Eines Abends gingen wir beide auf dem großen Deich von Albert-Plage spazieren. Wir hatten das Casino und ein Dünengebiet hinter uns gelassen, jenseits dessen der Deich von Heist-sur-Mer begann. Sind wir am Hôtel du Phare vorbeigekommen? Auf dem Rückweg durch die Avenue Élisabeth hatte ich mehrere verlassene Villen bemerkt, von denen vielleicht eine die der Großeltern Felipe de Pachecos gewesen war.

*

Gestern abend habe ich meine Tochter in die Gobelins-Gegend begleitet. Auf der Rückfahrt folgte das Taxi der Rue de la Santé, wo eines jener Cafés, auf deren Schild HOLZ KOHLE LIKÖRE steht, grün erleuchtet war. Am Boulevard Arago wandte ich den Blick nicht von der dunklen, endlosen Mauer des Gefängnisses ab. Dort wurde früher die Guillotine aufgestellt. Wieder habe ich an meinen Vater gedacht, an seine Befreiung aus dem Lagerhaus am Quai de la Gare und an Pagnon, der ihn zweifellos in jener Nacht abgeholt hatte. Ich wußte, daß Pagnon 1941 selbst in der

Santé inhaftiert gewesen war, bevor er von »Henri«, dem Anführer der Bande von der Rue Lauriston, befreit wurde.

Das Taxi war bei Denfert-Rochereau angekommen und bog in die Avenue ein, die am Hospital Saint-Vincent-de-Paul, am Observatorium und am Bureau des Longitudes entlangführt. Es fuhr in Richtung Seine. In meinen Träumen lege ich oft diese Strecke zurück: Ich komme aus einem Gefängnis, es könnte das Lagerhaus am Quai de la Gare oder die Santé sein. Es ist dunkel. Jemand wartet auf mich in einem großen Automobil mit Ledersitzen. Wir verlassen dieses Viertel der Hospitäler, Klöster, Weinhallen, Lederhallen und Gefängnisse, um uns der Seine zuzuwenden. Wenn wir das rechte Ufer erreichen, nachdem wir den Pont du Carrousel und die Guichets du Louvre passiert haben, stoße ich einen Seufzer der Erleichterung aus. Ich habe nichts mehr zu befürchten. Wir haben die gefährliche Zone hinter uns gelassen. Ich weiß wohl, daß es sich nur um einen Aufschub handelt. Später wird man Rechenschaft von mir verlangen. Ich habe ein Schuldgefühl, dessen Ursache im vagen bleibt: ein Verbrechen, an dem ich als Komplize oder Zeuge beteiligt war, ich könnte es nicht wirklich sagen. Und ich hoffe, daß diese Undurchsichtigkeit mir die Strafe ersparen wird. Was ist die Entsprechung dieses Traums im wirklichen Leben? Die Erinnerung an meinen Vater, der unter der Besatzung ebenfalls eine undurchsichtige Situation erlebt hatte: verhaftet von französischen Polizisten bei einer Razzia, ohne zu wissen, wessen er schuldig war, und befreit von einem Mitglied der Bande von der Rue Lauriston? Diese benutzte mehrere Luxuslimousinen, die im Juni 1940 von ihren Besitzern im Stich gelassen worden waren. »Henri« fuhr in einem weißen Bentley, der dem Herzog von Cadaval gehört hatte, und Pagnon in einem Lancia, den der deutsche Schriftsteller Erich Maria Remarque vor seine Abreise nach Amerika einem Automechaniker der Rue de la Boëtie anvertraut hatte. Und zweifellos war es der gestohlene Lancia Remarques, in dem Pagnon meinen Vater abgeholt hatte. Welch sonderbares Gefühl, aus dem »Loch« – wie mein Vater sagte – zu kommen und sich in einem jener nach Leder duftenden Wagen wiederzufinden, der nach der Ausgangssperre langsam durch Paris rollt, dem rechten Ufer zu ... Doch über kurz oder lang wird man Rechenschaft ablegen müssen.

*

Diesen Traum, den ich oft träume, von einer Autofahrt unter zweifelhaften Umständen vom linken Ufer aufs rechte Ufer – auch ich habe ihn erlebt, als ich im Januar 1960, mit vierzehneinhalb Jahren, vom Collège ausriß. Der Bus, den ich am Croix-de-Berny genommen hatte, setzte mich an der Porte d'Orléans ab, vor dem Café de la Rotonde, das den unteren Teil eines der Häuserblocks am Stadtrand einnahm. Die seltenen Male, da wir einen freien Tag hatten, mußten wir uns montags früh um sieben vor dem Café de la Rotonde versammeln und auf den Bus warten, der uns ins Collège zurückbrachte. Das war eine Art Besserungsanstalt mit luxuriösem Anstrich für auf die schiefe Bahn Geratene, Abschaum von reichen Familien, uneheliche Kinder von Mätressen, die man früher »poules« nannte, oder Kinder, die bei einem Aufenthalt in Paris wie lästiges Gepäck stehengelassen wurden: so mein Bettnachbar, der Brasilianer Mello Rodrigues, der seit einem Jahr nichts von seiner Familie gehört hatte ... Um uns die Disziplin beizubringen, von der unsere »Familien« uns kein gutes Beispiel gegeben hatten, war von der Leitung die Strenge einer Kadettenanstalt eingeführt worden: Marschieren im Gleichschritt, Flaggengruß am Morgen, körperliche Züchtigungen, Strammstehen, abendliche Kontrolle in den Schlafsälen, endlose Dauerläufe am Donnerstagnachmittag ...

An jenem Montag, dem 18. Januar 1960, legte ich den umgekehrten Weg zurück: Am Café de la Rotonde, das so trostlos wirkte Montag morgens im Winter, wenn wir über Montrouge und Malakoff ins »Loch« zurückkehrten, nahm ich die Metro bis Saint-Germain-des-Prés. Bei Malafosse sagte die Dänin:

»Einen Whisky für das Jungchen ...«

Der Kellner hinter dem Tresen lächelte und erwiderte:

»An Minderjährige schenken wir keinen Alkohol aus, Mademoiselle.«

Sie ließ mich einen Schluck aus ihrem Glas trinken. Der Whisky kam mir eigenartig bitter vor, doch er gab mir den Mut, ihnen zu gestehen, daß ich nicht nach Hause gehen konnte, denn meine Eltern waren beide bis zum nächsten Monat verreist.

»Dann mußt du in dein Collège zurück«, sagte derjenige, der eine schwarze Brille trug und Zigaretten mit Maispapier rauchte.

Ich erklärte ihnen, daß es unmöglich sei: das Ausreißen eines Schülers wurde immer durch sofortigen Verweis von der Schule bestraft ... Sie würden es ablehnen, mich zu behalten.

»Und bei dir zu Hause ist niemand?«

»Niemand.«

»Und man kann deine Eltern nicht benachrichtigen?«

»Nein.«

»Und du hast keinen Schlüssel von zu Hause?«

»Nein.«

»Ich werde mich um das Jungchen kümmern«, sagte die Dänin.

Sie legte mir die Hand auf die Schulter. Wir verabschiedeten uns von den anderen und gingen hinaus aus dem Malafosse. Ihr Wagen stand etwas weiter weg am Quai, hinter der École des Beaux-Arts: ein dunkelblauer Peugeot 203 mit roten Ledersitzen. Ich kannte ihn gut, diesen Wagen. Ich hatte ihn schon mehrmals im Viertel gesehen, vor dem Hôtel de la Louisiane und dem Montana.

Ich saß neben ihr auf der Sitzbank. Plötzlich fuhr sie los.

»Jemand muß sich ja um dich kümmern«, sagte sie gelassen.

Wir folgten den Quais und fuhren dann über die Concorde-Brücke. Auf dem rechten Ufer fühlte ich mich besser, als wäre die Seine eine Grenze, die mich vor einem feindlichen Hinterland schützt. Wir waren weit weg vom Café de la Rotonde, vom Croix-de-Berny und dem Collège … Doch ich konnte nicht umhin, die Zukunft mit Sorge zu betrachten, denn mir schien, ich hatte etwas nicht Wiedergutzumachendes angestellt.

»Glauben Sie, daß es schlimm ist?« fragte ich sie.

»Was ist schlimm?«

Sie wandte sich zu mir.

»Aber nein, mein Jungchen ... Das wird sich wieder einrenken ...«

Ihr dänischer Akzent beruhigte mich. Wir folgtem dem Cours-la-Reine, und ich sagte mir, zumindest auf sie könne ich mich verlassen.

»Sie werden die Polizei benachrichtigen ...«

»Hast du Angst vor der Polizei?«

Sie lächelte, und ihre hellblauen Augen blickten mich an.

»Sei ganz ruhig, mein Jungchen ...«

Das sanfte und heisere Säuseln ihrer Stimme zerstreute meine Sorgen. Wir waren an der Place de l'Alma angekommen und fuhren die Avenue zum Trocadéro hinauf. Das war die Strecke des 63er Busses, den mein Bruder und ich nahmen, wenn wir in den Bois de Boulogne wollten. Bei schönem Wetter blieben wir auf der Plattform.

Sie bog nicht nach rechts in die von Bäumen beschattete Avenue ein, wo der 63er fuhr. Sie stellte den Wagen vor den großen modernen Mietshäusern am Anfang der Avenue Paul-Doumer ab.

»Hier wohne ich.«

Im Erdgeschoß gingen wir einen langen Korridor entlang, der von Neonröhren erleuchtet war. Eine Gestalt im Regenmantel wartete vor ihrer Tür. Ein großer dunkelhaariger Mann mit einem dünnen Schnurbart. Eine

Zigarette hing ihm im Mundwinkel. Auch ihm war ich in den Straßen von Saint-Germain-des-Prés schon begegnet.

»Ich hatte keinen Schlüssel«, sagte er.

Er lächelte mir zu, etwas überrascht.

»Das ist ein Freund von mir«, sagte sie und zeigte auf mich.

»Angenehm.«

Er schüttelte mir die Hand. Sie sagte zu mir:

»Mach einen Spaziergang, mein Jungchen ... Komm in einer Stunde wieder ... Heute abend lade ich dich ins Restaurant ein, und danach gehen wir ins Kino ...«

Sie öffnete die Tür. Sie gingen beide hinein. Dann steckte sie noch einmal den Kopf durch den Spalt.

»Vergiß nicht die Zimmernummer, wenn du wiederkommst. Nummer 23 ...«

Mit dem Finger zeigte sie mir die goldenen Metallziffern auf dem helle Holz.

»Komm in einer Stunde wieder ... Heute abend schlagen wir uns in Montmartre, im San Cristobal, den Ranzen voll ...«

Der dänische Akzent klang durch die altmodischen Ausdrücke noch sanfter, noch zärtlicher.

Sie machte die Tür wieder zu. Ich blieb einen Augenblick regungslos im Flur stehen. Ich mußte an mich halten, um nicht an die Tür zu klopfen. Mit langsamen, regelmäßigen Schritten ging ich aus dem Haus, denn ich spürte, wie die Panik mich überkam. Ich dachte, ich würde es niemals schaffen, die Place du Trocadéro zu überqueren. Ich riß mich zusammen, um nicht ins erste Polizeikommissariat zu gehen und ihnen mein Verbrechen zu gestehen. Nicht doch, das war dumm. Sie würden mich in eine richtige Besserungsanstalt oder ein »Erziehungsheim«, wie sie es nannten, bringen. Konnte ich der Dänin wirklich vertrauen? Ich hätte auf dem Gehsteig der Avenue Paul-Doumer bleiben sollen, um zu sehen, ob sie nicht wegfuhr. Der Dunkelhaarige im Regenmantel, der zu ihr hineingegangen war, konnte sie überreden, sich nicht mehr um mich zu kümmern. Zimmer 23. Ich durfte die Nummer nicht vergessen. Noch drei viertel Stunden mußten herumgebracht werden. Und selbst wenn sie nicht mehr da wäre, würde ich unauffällig vor der Haustür auf sie warten, bis sie käme.

Ich versuchte, mich zu beruhigen, indem ich all diese Gedanken in meinem Kopf bewegte. Auf der anderen Seite des Platzes die Haltestelle des 63er Busses. Hatte ich Zeit genug, zum Bois de Boulogne zu fahren und wieder zurück? Ich hatte noch 10 Francs. Doch ich fürchtete mich davor, ganz allein zu sein in diesem Bus und auf dem Rasen und am Ufer des Sees, diesen Orten, wo ich noch vor ein paar Jahren mit meinem Bruder war. Lieber ging ich auf die Esplanade des Trocadéro, wo man über Paris blickt. Und lief die abschüssigen Wege durch die Anlagen hinab, die von der Wintersonne durchflutet waren. Hier war niemand. Ich fühlte mich besser. Über mir die riesigen Fenster und das Gesims des Palais de Chaillot. Ich hatte den Eindruck, die Säle und Galerien im Innern seien genauso verlassen wie die Anlagen. Ich wollte mich auf eine Bank setzen. Nach kurzer Zeit führte diese Bewegungslosigkeit bei mir erneut zu Panik. Da stand ich auf und ging weiter, die Wege entlang, zur Seine hinunter.

Ich war vor dem Aquarium angelangt. Ich kaufte eine Eintrittskarte. Es war, als würde ich eine Metrostation betreten. Unten an der Treppe war es dunkel, aber das beruhigte mich. In dem Raum, in den ich kam, waren nur die Aquarien beleuchtet. Tief in diesem Dämmer fand ich allmählich meine Ruhe wieder. Nichts hatte mehr Bedeutung. Ich war weit weg von allem, von meinen Eltern, vom Collège, vom Lärm des Lebens. Die einzige gute Erinnerung daran war diese sanfte, säuselnde Stimme mit dem dänischen Akzent … Ich näherte mich den Aquarien. Die Fische hatten genauso lebhafte Farben wie die Autoscooter meiner Kindheit: Rosa, Türkis, Smaragdgrün … Sie machten kein Geräusch. Sie glitten an den Glasscheiben entlang. Sie öffneten das Maul, ohne einen Ton von sich zu geben, doch ab und zu stiegen Blasen an die Wasseroberfläche. Sie würden nie Rechenschaft von mir verlangen.

*

Hier, auf dem Gehweg der Avenue Henri-Martin, habe ich mir gesagt, daß winterliche Sonntagabende in den westlichen Vierteln genauso trist sind wie in der Ursulines-Gegend und auf der eiskalten Place du Panthéon.

Ich verspürte einen Druck in der Brust, eine Blume, deren Blütenblätter sich ausdehnten und mir den Atem nahmen. Ich stand wie angewurzelt da. Zum Glück war ich durch die Anwesenheit meiner Töchter mit der Gegenwart verbunden. All die früheren Sonntagabende mit ihrer Rückkehr ins Internat, der Fahrt durch den Bois de Boulogne, den verschwundenen Reitbahnen von Neuilly, den Nachtlichtern des Schlafsaals, all jene Sonntage hätten mich sonst überwältigt mit ihrem Geruch nach welkem Laub. Einige erleuchtete Fenster in den Häuserfassaden waren selbst Nachtlichter, die man seit dreißig Jahren in leeren Wohnungen hatte brennen lassen.

Aus den Regenpfützen und den Lichtern, die umsonst in den Fenstern der Häuser leuchteten, stieg die Erinne-

rung an Jacqueline auf. Ich weiß nicht, ob sie noch irgendwo lebt. Das letzte Mal habe ich sie vor vierundzwanzig Jahren in der Halle des Wiener Westbahnhofs gesehen. Ich war im Begriff, diese Stadt zu verlassen, um nach Paris zurückzukehren, aber sie wollte dort bleiben. Sie muß noch einige Zeit in dem Zimmer der Taubstummengasse hinter der Karlskirche gewohnt haben, und dann, nehme ich an, ist auch sie zu neuen Abenteuern aufgebrochen.
Ich frage mich, wo gewisse Personen, die ich damals gekannt habe, heute sind. Ich versuche mir vorzustellen, in welcher Stadt ich eine Chance haben könnte, sie zu treffen. Ich bin sicher, daß sie Paris endgültig verlassen haben. Und ich denke an Rom, wo man schließlich strandet und wo die Zeit stehengeblieben ist wie die Uhr in den Jardins du Carrousel meiner Kindheit.
In jenem Sommer befanden wir uns seit mehreren Monaten in einer anderen ausländischen Stadt, in Wien, und wir hatten sogar die Absicht, für immer dort zu bleiben. Eines Nachts hatten wir in der Gegend des Grabens ein Café betreten, in das man durch die Eingangstür eines Mietshauses gelangte. Das Vestibül führte zu einem großen Raum mit gräulichem Parkett, der aussah wie ein Tanzsaal oder eine ehemalige Hotelhalle oder auch eine Bahnhofsgaststätte. Das Licht kam von Neonröhren an den Wänden.

Ich hatte diesen Ort zufällig bei einem Spaziergang entdeckt. Wir setzten uns an einen der Tische, die in Reihen angeordnet und durch einen breiten Gang voneinander getrennt waren. Außer uns gab es nur drei oder vier Gäste, die sich leise unterhielten.

Natürlich war ich es, der Jacqueline an jenem Abend ins Café Rabe führte. Doch dieses Mädchen, das genauso alt war wie ich, zog Phantome an. An jenem Sonntag abend in Paris, als ich sie zum ersten Mal bemerkt hatte, war sie in so merkwürdiger Gesellschaft gewesen ... Und welche Begegnung würde sie jetzt, im Café Rabe, provozieren?

Ein Mann trat ein. Er trug ein Tweedjackett. Stark hinkend strebte er der Theke im Hintergrund des Raums zu, bediente sich dann selbst mit einer Karaffe Wasser und einem Glas. Er näherte sich mit seinem wankenden Gang und setzte sich an unseren Nebentisch.

Ich fragte mich, ob er nicht der Cafébesitzer war. Er hatte ein paar Wörter unserer Unterhaltung aufgeschnappt, denn er wandte sich uns zu:

»Sind Sie Franzosen«?

Er hatte einen ganz leichten Akzent. Er lächelte. Er stellte sich vor:

»Rudy Hiden ...«

Ich hatte diesen Namen schon gehört, ohne zu wissen, wer das war. Sein Gesicht mit den regelmäßigen Zügen hätte das eines Filmschauspielers sein können. Im ersten Moment hatte mich sein Vorname, Rudy, überrascht. Das war der Vorname meines Bruders. Und er beschwor romantische Bilder herauf: Mayerling, das Begräbnis Valentinos, eines österreichischen Kaisers in fernen Zeiten, der an Melancholie litt.

Mit Rudy Hiden wechselten wir höfliche Worte wie Reisende, die sich nicht kennen und am selben Tisch eines Speisewagens sitzen. Er sagte uns, daß er in Paris gelebt habe, daß er schon lange nicht mehr dort gewesen sei und daß er diese Stadt sehr vermisse. Als wir das Café Rabe verließen, grüßte er uns mit einer förmlichen Kopfbewegung.

Später habe ich erfahren, daß er der größte Torwart in der Geschichte des Fußballs war. Ich habe versucht, Fotos von ihm zu finden und von all seinen österreichischen Freunden mit den melodiösen Namen, die zum Wiener Wunderteam gehörten und das Publikum der Stadien mit ihrer Anmut begeisterten. Rudy Hiden hatte das Fußballspielen aufgeben müssen. Er hatte in Paris, in der Rue Magellan, ein Nachtlokal geführt. Dann eine Bar in der Rue de la Michodière. Er hatte sich das Bein gebrochen. Er war nach Wien zurückgekehrt, in seine Heimatstadt, wo er das Leben eines Clochards führte.

Ich sehe ihn vor mir im Neonlicht des Café Rabe, wie er

mit seinem wankenden Gang auf uns zukommt. Ist es ein Zufall, wenn ich in einem Brief von Scott Fitzgerald auf einen Satz stoße, der mich an ihn denken läßt?: »Ich bin überzeugt, daß alle Berufsboxer, Schauspieler, Schriftsteller, die von ihren Talenten leben, sich in ihren fruchtbarsten Jahren in die Hände eines Managers begeben sollten. Das flüchtige Element dieses Talents scheint so ›verschieden‹ von uns, etwas, das uns fremd ist und sich in einem so geheimen Winkel unseres Wesens versteckt, daß wir es der Obhut von jemandem anvertrauen sollten, der es sicherer verwahrt als der arme Mensch, dem es innewohnt und der letztlich die Rechnung bezahlen muß.«
Und sich im Café Rabe wiederfindet.

*

Ich hatte Jacqueline an einem Sonntag abend in Paris im XVI. Arrondissement kennengelernt. Ein merkwürdiges Arrondissement. Claude Bernard zum Beispiel, auf dessen Strafregister ich neugierig wäre, um mehr über den Mann zu erfahren, dem ich mit neunzehn Jahren begegnet bin, speiste oft in den Restaurants dieses westlichen Viertels. Die Mitglieder der Bande von der Rue Lauriston ebenfalls. Pagnon wohnte in einem Luxusappartement des Hauses 48 bis, Rue des Belles-Feuilles. Er besuchte die Rennplätze von Neuilly und sogar das Gelände des Cercle de l'Étrier im Bois de Boulogne, das er eines Nachmittags von »Henri« hatte reservieren lassen, damit seine Geliebte allein reiten konnte, ohne von jemandem gestört zu werden ...

So sehr ich auch in meinem Gedächtnis nach Erinnerungen an das XVI. Arrondissement suche, ich finde dort nur leere Wohnungen, als hätte man gerade eine Pfändung vorgenommen: etwa den Salon von Simone Cordier.

An jenem Sonntag abend regnete es. Es war im Oktober oder November. Claude Bernard hatte sich mit mir zum Essen in einem Restaurant der Rue de la Tour verabredet. Am Vortag hatte ich ihm Sämtliche Werke von Balzac – Ausgabe Veuve Houssiaux – verkauft. Ich kam als erster. Kein anderer Gast als ich. Ich wartete in einem kleinen Raum mit heller Holztäfelung. Fotos von Jockeys und Dressurreitern, die meisten mit Widmung versehen, schmückten die Wände.

Drei Personen traten geräuschvoll ein: ein blonder, etwa fünfzigjähriger Mann, groß und kräftig, der einen Jagdrock und einen Seidenschal trug; ein viel jüngerer und kleinerer Dunkelhaariger und ein Mädchen meines Alters, mit braunem Haar und hellen Augen, in

einen Pelzmantel gehüllt. Der Wirt des Restaurants ging lächelnd auf sie zu.
»Was gibt's Neues?«
Der kleine Dunkelhaarige blickte ihn triumphierend an.
»Vierzon – Paris in eineinviertel Stunden ... Niemand war auf der Straße ... hundertfünfzig Stundenkilometer im Schnitt ... Ich habe ihnen eine Heidenangst eingejagt ...«
Er zeigte auf das Mädchen und den blonden Mann im Jagdrock. Der zuckte mit den Schultern.
»Er hält sich für einen Rennfahrer. Er vergißt, daß ich als Zwanzigjähriger mit Wimille und Sommer Rennen fuhr ...«
Die drei Männer lachten schallend. Das Mädchen schien zu schmollen. Der Wirt wählte für sie einen Tisch mir gegenüber. Sie hatten meine Anwesenheit nicht bemerkt. Der Dunkelhaarige wandte mir den Rücken zu. Der andere saß neben dem Mädchen auf der Bank. Sie hatte ihren Pelzmantel nicht abgelegt. Das Telefon läutete. Der Apparat stand zu meiner Rechten auf dem Tresen.
»Für Sie, Monsieur ...«
Der Wirt hielt mir den Hörer hin. Ich stand auf. Die Blicke der drei richteten sich auf mich. Der Dunkelhaarige hatte sich sogar umgedreht. Claude Bernard ent-

schuldigte sich, er könne nicht kommen. Wegen eines unvorhergesehenen Besuchs, so sagte er, sitze er in seinem Haus auf der Île des Loups fest. Er fragte mich, ob ich genug Geld hätte, um meine Rechnung zu bezahlen. Zum Glück hatte ich die 3000 Francs vom Verkauf der Balzac-Ausgabe noch in der Innentasche meines Jacketts. Als ich auflegte, traf mein Blick den des Mädchens. Ich wagte nicht, das Restaurant zu verlassen, ohne gegessen zu haben, denn ich hätte um meinen Mantel bitten müssen, den ein Kellner in der Garderobe ganz am Ende des Restaurants verwahrt hatte.

Ich bin noch mehrmals an diesen Ort zurückgekehrt. In Begleitung von Claude Bernard. Oder auch allein. Claude Bernard wunderte sich, mit welchem Eifer ich die Rue de la Tour aufsuchte. Ich wollte mehr über dieses Mädchen erfahren, das nie den Pelzmantel ablegte und immer schmollte.

Jeden Sonntag gegen halb zehn Uhr abends hatten sie ihren Auftritt. Sie waren vier oder fünf, manchmal mehr. Sie redeten laut, und der Wirt behandelte sie mit respektvoller Liebenswürdigkeit. Das Mädchen saß an ihrem Tisch, sehr aufrecht, und immer neben dem Blonden im Jagdrock. Sie sagte kein Wort. Sie schien abwesend. Ihr Pelzmantel stand im Kontrast zu ihrem jugendlichen Gesicht.

»Vierzon – Paris in eineinviertel Stunden ... Niemand

war auf der Straße ...« Das Echo dieser Worte, die ich am ersten Sonntag gehört hatte, ist heute so fern, daß ich die Ohren spitzen muß. Die Jahre decken es mit Störgeräuschen zu ... Vierzon ... Sie kamen aus der Sologne, wo der Blonde im Jagdrock ein Schloß und Ländereien besaß. Er trug den Titel eines Marquis. Später habe ich erfahren, daß sein Name an die Pagen mit den Wespentaillen am Hof der Valois und an die Fee Morgane erinnerte, von der seine Familie angeblich abstammte.

Doch ich hatte nur einen Mann mit grobem Gesicht und ordinärer Stimme vor mir. Ich verspürte das gleiche Unbehagen wie einige Jahre später, als ich in einem Gasthaus in der Umgebung von Paris einem Gespräch zwischen Fleischhändlern und -transporteuren lauschte. Sie sprachen über Wilderer, die sie mit Hirschen und Rehen versorgten, über heimliche Schlachtungen und nächtliche Lieferungen an Pferdemetzgereien, und die Orte, wo sie operierten, waren die, deren so anmutige Namen von Nerval besungen werden: Crépy-en-Valois, Mortefontaine, Loisy, La Chapelle-en-Serval ...

Sie kamen also aus der Sologne zurück. Der Marquis war einer der Equipeführer bei einer Hetzjagd-Rallye, die im Wald von Vierzon »abkoppelte« – diesen Begriff hatte ich aus ihrem Mund gehört. Die Rallye hieß »Sologne – Étang de Menehou«. Und ich stellte mir diesen Weiher am Ende eines Waldweges vor, bei Sonnenuntergang. Eine Jagdhornfanfare in der Ferne ging mir ans Herz. Ich konnte den Blick nicht vom ruhigen Wasser mit den rötlichen Reflexen, von den Seerosenblättern, von den Binsen abwenden. Allmählich wurde die Wasseroberfläche schwarz, und ich sah dieses Mädchen als Kind am Ufer des Weihers von Menehou ...

Nach einigen Sonntagen begann der Wirt mich zu kennen. Ich hatte einen Augenblick genutzt, da die anderen noch nicht zum Essen eingetroffen waren, und ihn gefragt, in welchem Verhältnis das junge Mädchen im Pelzmantel eigentlich zum Marquis stehe, den sie immer zu begleiten scheine und der sich jedesmal neben sie setze. »Eine arme Verwandte«, hatte er schulterzukkend gesagt.

Eine arme Verwandte, bestimmt wie der Marquis aus einem sehr alten Adelshaus stammend, dessen Ursprünge sich im Dunkel der Zeiten und in der Tiefe der Wälder der Île-de-France und der Sologne verloren ... Ich war sicher, daß sie ihre Kindheit im Pensionat verbracht hatte, bei den Ursulininnen von Bourges. Sie war die einzige Nachfahrin einer jener in männlicher Linie ausgestorbenen Familien, die man »poulaines d'outre-mer« nannte, denn sie blieben noch mehrere

Jahrhunderte nach den Kreuzzügen in Konstantinopel, in Griechenland oder in Sizilien. Viel später war einer ihrer Vorfahren in die Sologne zurückgekehrt, wo sie herstammten, um am Ufer des Weihers von Menehou ein verfallenes Schloß wiederzufinden und Linden, in deren Schatten im Sommer große Schmetterlinge gaukelten.

An einem Sonntag abend schmollte sie in ihrem Pelzmantel noch mehr als sonst. Von meinem Tisch aus beobachtete ich die Versuche des Marquis, sie aufzuheitern: Er strich ihr mit dem Zeigefinger übers Kinn, doch sie wandte mit einer schroffen Bewegung den Kopf ab, als wäre sie von der Berührung mit etwas Glitschigem überrascht worden. Ich teilte ihren Ekel: Die Hände des Marquis waren dick, rot, Metzgerhände, die mich an den Titel eines Dokumentarfilms erinnerten, *Das Blut der Tiere*. Dazu kommt heute die Erinnerung an jenes zufällig belauschte Gespräch zwischen Fleischhändlern und -transporteuren, die das Land Nervals durchstreiften. Wie konnte dieser dicke Blonde im Jagdrock es wagen, mit seiner Hand dieses so zarte Gesicht zu besudeln? Claude Bernard, dem eines Sonntags mein Interesse an dem Mädchen aufgefallen war, hatte liebenswürdig zu mir gesagt: »Sie sieht

Joan Fontaine ähnlich, meiner Lieblingsschauspielerin …«

Dieses Kompliment schien mir nur zum Teil berechtigt. Joan Fontaine war Engländerin, während dieses Mädchen für mich die ideale Französin darstellte, wie ich sie mir zu jener Zeit erträumte.

An jenem Abend bemerkte ich an ihrem Tisch eine größere Versammlung als an den anderen Sonntagen. Ich könnte Namen anführen: einen gewissen Jean Terrail, den Claude Bernard in der Woche zuvor unter ihnen erkannt hatte, ein Dunkelhaariger, von dem er mir sagte, er führe ein Hotel in der Rue François-Ier. Nun gab es unter den Informationen, die ich über Pagnon gesammelt hatte, diesen Hinweis: »Hat 1943 persönlich 300 000 Francs in deutscher Mark ergaunert, die ihm von einem Herrn Jean Terrail zwecks Verkauf anvertraut worden waren.« Die Welt, der diese Leute angehörten, weckte Kindheitserinnerungen: das war die Welt meines Vaters. Schwindler und Hochstapler. Glücksritter. Galgenvögel. Ange der Roßtäuscher. Ich entreiße sie ein letztes Mal dem Nichts, bevor sie endgültig dorthin zurückkehren.

Heute scheinen mir diese sonntagabendlichen Essen so weit zurückzuliegen, als wäre ein Jahrhundert vergangen. Alle Teilnehmer sind tot. Sie sind für mich nur von Interesse, weil sie um Jacqueline ein vermodertes Samtetui bildeten ... Vierzon – Paris in eineinviertel Stunden ... Niemand war auf der Straße ... Die Tür des Restaurants steht offen, und von draußen dringt der Geruch nach feuchter Erde und Lindenblüten herein.

Mitten beim Essen war sie plötzlich aufgestanden. Der Marquis hatte versucht, sie zurückzuhalten, indem er sie an der Schulter faßte. Doch sie verließ den Tisch und ging lässig schlendernd aus dem Restaurant. Der Marquis zuckte nicht mit der Wimper. Er täuschte Gleichgültigkeit vor und bemühte sich, an der allgemeinen Unterhaltung teilzunehmen.

Ich hatte noch nicht zu essen begonnen. Ich stand ebenfalls auf. Eine Eingebung trieb mich hinaus. Seit Wochen beobachtete ich sie und war noch nie ihrem Blick begegnet.

Sie war etwa zehn Meter vor mir auf dem Bürgersteig. Sie ging mit ihrem Schlenderschritt. Ich holte sie sehr schnell ein. Sie wandte sich um. Ich stand betreten da. Es gelang mir zu stammeln:

»Haben Sie ... Ihre Freunde verlassen?«

»Ja. Warum fragen Sie mich das?«

Sie schlug den Kragen ihres Pelzmantels hoch und hielt ihn am Hals zu. Ihr ironischer Blick war auf mich geheftet.

»Ich glaube, den einen Ihrer Freunde kenne ich vom Sehen ...«

Sie ging weiter, und ich folgte ihr mit der Befürchtung, sie könnte eine unfreundliche Bemerkung machen. Doch sie schien es normal zu finden, daß ich an ihrer Seite blieb. Wir bogen in die von Mietshäusern gesäumte Sackgasse ein, die Avenue Rodin genannt wird.

»Sie kennen also einen meiner Freunde? Welchen?«

Es fing an zu regnen. Wir stellten uns am ersten Hauseingang unter.

»Den blonden Herrn«, sagte ich. »Den Marquis von Sowieso.«

Sie lächelte mich an.

»Sie meinen den alten Trottel?«

Ihre Stimme war sanft, ein bißchen belegt, und sie hatte diese beiden Wörter ausgesprochen, ohne die Silben irgendwie zu betonen. Sofort begriff ich, daß ich mich in ihr getäuscht und meine Phantasie mich irregeführt hatte. Es war besser so. Für mich war sie nun ganz einfach Jacqueline von der Avenue Rodin.

Wir warteten, bis der Regen aufhörte, und gingen zu Fuß zu ihr. Immer geradeaus, die Rue de la Tour entlang. Dann folgten wir dem Boulevard Delessert durch jenes stufenförmig angelegte Viertel von Passy, das sich bis zur Seine hinunterzieht. Eine steile Treppe führte

uns in eine kleine Straße, die auf den Quai mündete. Der Aufzug war außer Betrieb. Zwei ineinander übergehende Zimmer. In einem davon ein großes Bett mit gepolstertem Kopfteil aus weißem Satin.
»Der alte Trottel wird kommen. Es stört Sie doch nicht, wenn wir das Licht ausmachen?«
Immer noch diese sanfte, ruhige Stimme, als wäre das selbstverständlich. Wir saßen im Halbdunkel nebeneinander auf dem Sofa. Sie hatte ihren Pelzmantel nicht ausgezogen. Sie näherte ihr Gesicht dem meinen.
»Und Sie, was haben Sie an all den Sonntagabenden in diesem Restaurant gemacht?«
Sie hatte mich überrumpelt. Ihre Lippen deuteten ein spöttisches Lächeln an. Sie lehnte den Kopf an meine Schulter und streckte ihre Beine auf dem Sofa aus. Ich roch den Duft ihres Haars. Ich wagte mich nicht zu rühren. Unten hörte ich den Motor eines Wagens.
»Das muß der alte Trottel sein«, flüsterte sie.
Sie stand auf und sah aus dem Fenster. Der Motor ging aus. Auch ich schaute hinunter. Es regnete stark. Ein großer schwarzer englischer Wagen war am Straßenrand geparkt. Der Marquis stand reglos vor dem Haus. Er trug weder Überzieher noch Regenmantel. Sie verließ das Fenster und setzte sich wieder aufs Sofa.
»Was macht er?« fragte sie mich.

»Nichts. Er bleibt im Regen stehen.«
Doch nach einer Weile ging er zur Haustür. Ich hörte seinen schweren Schritt im Treppenhaus. Er läutete zweimal kurz. Dann noch einmal sehr lang. Dann wieder kurz. Sie rührte sich nicht vom Sofa. Schließlich pochte er an die Tür. Man hätte glauben können, er versuche sie einzuschlagen. Dann war wieder Stille. Sein schwerer Schritt verhallte im Treppenhaus.
Ich war am Fenster geblieben. Im prasselnden Regen überquerte er die Straße und lehnte sich an die Stützmauer der Treppe, die wir vorher hinuntergegangen waren. Und da blieb er stehen, mit dem Rücken an die Mauer gelehnt, den Kopf zur Fassade des Hauses erhoben. Das Regenwasser von der Treppe lief über ihn, und sein Jackett war durchnäßt. Doch er bewegte sich keinen Millimeter. Da ereignete sich ein Phänomen, für das ich heute eine Erklärung zu finden versuche: Ist die Straßenlampe, die von oben die Treppe erleuchtete, plötzlich ausgegangen? Der Mann verschmolz allmählich mit der Mauer. Oder aber der Regen, der auf ihn fiel, löschte ihn aus, wie Wasser Farbe auflöst, die keine Zeit gehabt hat, anzutrocknen. So sehr ich meine Stirn gegen die Scheibe preßte und die dunkelgraue Mauer absuchte, es war keine Spur mehr von ihm zu sehen. Er war auf jene plötzliche Art verschwunden, die ich später bei anderen Personen, etwa bei meinem Vater,

bemerken sollte und die uns so ratlos macht, daß uns nichts übrigbleibt, als Beweise und Indizien zu suchen, um uns selbst zu überzeugen, daß diese Leute wirklich existiert haben.

*

Der Frühling kam dieses Jahr zeitig. Es war sehr warm am 18. und 19. März 1990. Von einem Tag auf den andern wurden die Knospen der Kastanienbäume im Jardin du Luxembourg Blätter. Vor dem Eingang zum Park in der Rue Guynemer halten bunte Reisebusse, aus denen japanische Touristen steigen. In Reih und Glied folgen sie einer Allee bis zur Freiheitsstatue, die am Rand einer Rasenfläche steht und eine Miniaturausgabe derjenigen von New York ist.

Vorhin saß ich auf einer Bank in der Nähe dieser Statue. Ein Mann mit silbergrauem Haar und hellblauem Anzug ging an der Spitze einer Gruppe von Japanern und gab ihnen gestikulierend ein paar Erläuterungen in gebrochenem Englisch. Ich mischte mich unter die Gruppe. Ich wandte den Blick nicht vom diesem Mann ab und achtete auf den Klang seiner Stimme. Ich meinte in ihm den falschen Pacheco aus der Zeit der Cité Universitaire zu erkennen. Er trug eine Tasche der Fluggesellschaft TWA über der Schulter. Er war älter geworden. War er es wirklich? Der gleiche gebräunte Teint wie bei seiner Rückkehr aus Casablanca und der gleiche leere Blick der blauen Augen.

Ich näherte mich ihm und war versucht, ihm auf die Schulter zu klopfen und seine Rede zu unterbrechen. Und ihm die Hand hinzustrecken mit den Worten: »Monsieur Lombard, nehme ich an?«

Die Japaner machten ein paar Fotos von der Statue, und die Gruppe ging den Weg zurück, der zum Tor der Rue Guynemer führt. Der Mann mit dem silbergrauen Haar und dem hellblauen Anzug ging voran. Sie stiegen in den Bus ein, der am Straßenrand wartete. Der Mann zählte die Japaner, während sie an ihm vorbeigingen.

Er stieg ebenfalls ein und setzte sich neben den Fahrer. Er hielt ein Mikrophon in der Hand. Der Jardin du Luxembourg war nur eine Etappe; sie würden ganz Paris besichtigen. Ich hatte Lust, ihnen zu folgen an diesem strahlenden Vormittag, der den Frühling ankündigte, und nur noch ein simpler Tourist zu sein. Bestimmt hätte ich eine Stadt wiedergefunden, die ich verloren hatte, und auf ihren Straßen das Gefühl von Leichtigkeit und Sorglosigkeit, das ich früher verspürte.

Als Zwanzigjähriger war ich mit Jacqueline aus der Avenue Rodin nach Wien aufgebrochen. Ich erinnerte mich an die Tage, die der Abreise vorangegangen waren, und an einen Nachmittag an der Porte d'Italie. Ich hatte einen kleinen Hundezwinger am Ende der Avenue d'Italie besucht. In einem der Käfige beobachtete mich ein Terrier mit seinen schwarzen Augen, den Kopf leicht geneigt, die Ohren aufgestellt, als wolle er ein Gespräch anknüpfen und nicht ein einziges Wort verpassen von dem, was ich ihm sagen würde. Oder er wartete ganz einfach, daß ich ihn aus seinem Gefängnis befreite. Was ich nach ein paar Minuten des Zögerns auch tat. Warum sollte ich den Hund nicht mit nach Wien nehmen?

Ich setzte mich mit ihm auf eine Caféterrasse. Es war im Juni. Die Schneise des Périphérique, die einem das Gefühl gibt, eingekesselt zu sein, war noch nicht geschlagen. Die Tore von Paris lagen damals alle auf Fluchtlinien, die Stadt löste allmählich ihre Umklammerung, um sich im unbebauten Gelände zu verlieren. Und man konnte noch glauben, daß das Abenteuer an der nächsten Straßenecke begann.

Vincent de Swarte

Der Leuchtturmmörder
Roman
Aus dem Französischen
von Hinrich Schmidt-Henkel
st 3125. 143 Seiten

Das Töten verfolgt Geoffroy Lefayen seit seiner Geburt. Seitdem ihm die Schuld am Tod seines Bruders zugewiesen wurde, bedeutet er für andere Lebewesen Vernichtung. Dabei will der schweigsame Hobbypräparator nichts anderes, als seine Angst vor dem Sterben zu überwinden. Zurückgezogen auf die Leuchtturminsel Cordouan, versucht er die Welt vor sich zu beschützen, doch die Welt sucht ihn immer wieder von sich aus auf.

Jedesmal, wenn Besuch vom Festland kommt, schließt er sich in seinem Turmzimmer ein und bewegt sich wie ein wildes Tier im Käfig. Ein junges englisches Paar, das seine Trauung im Leuchtturm plant, übersteht seinen Ausflug auf die Insel nicht lebend. Wie aus Versehen bringt Geoffroy die beiden um, denn sie haben etwas, was er nicht hat. Liebevoll präpariert er ihre Leichen, damit sie in der Ewigkeit vermählt sein können. Sie werden von nun an seine Gefährten sein. Erst Lise, der rothaarigen Ingenieurin vom Wasser- und Schifffahrtsamt, gelingt es, Geoffroy aus der Gewalt des Leuchtturms zu befreien, doch inzwischen ist er verantwortlich für den Tod von fünf Menschen ...

NF 214/1/5.00

Linda Lê

Irre Reden
Roman
Aus dem Französischen von Brigitte Große
st 3137. 184 Seiten

Mutter und Sohn haben sich im erbitterten Zweikampf verhakt. Ätzender Haß und ein unstillbares Liebesbedürfnis binden sie aneinander. Sie, ein alterndes Luxusweibchen, exzentrisch, egomanisch, hypochondrisch, rächt sich an ihm für die Gleichgültigkeit seines Vaters ihr gegenüber. Er, ein Wurm, ein Rohrkrepierer, ist an den Rollstuhl gefesselt und von ihrem Tisch verbannt, weil sie in ihm den Ausdruck ihres Scheiterns sieht. Virtuos spielen beide auf der Klaviatur der Abhängigkeiten, entblößen und zerfleischen sich in Worten und Taten und ohne jedes Tabu. Ein sprachgewaltiger, kompromißloser Roman, der die Perversion familiärer Verletzungslust auf die Spitze treibt.

Linda Lê wurde 1963 in Südvietnam geboren und lebt heute in Frankreich.

NF 220/1/5.00

Frédérique Clémençon

Eine Gemeinheit
Roman
Aus dem Französischen von Andrea Spingler
146 Seiten. Gebunden

Sie reden schon lange nicht mehr miteinander, Mutter und Tochter, einzige Überlebende jenes Giftes namens Familie, eingeschlossen in dem viel zu großen Haus, in dem es nach Verwesung und Medikamenten stinkt, das niemand verläßt, es sei denn mit den Füßen voran.
Oft genug hat Edith die Klage ihrer Mutter gehört, der Litanei über das Unglück der elterlichen Ehe gelauscht, das noch vor der Hochzeit begann. Schon längst hat sie sich auf den Weg gemacht, ist unterwegs in einer Feen- und Ideenwelt, sie glaubt sich draußen, wo die Welt bunt, süß und lebendig ist.

Unerbittlich direkt und doch auch nicht ohne Zärtlichkeit erzählt Clémençon von Haß, Ekel und Seelendreck, wie sie in ihrer reinsten und gemeinsten Form von Generation zu Generation weitervererbt werden. – Noch nie ist derart Niederträchtiges so unerschrocken erzählt worden.

Frédérique Clémençon wurde 1967 geboren und lebt in Paris. Für *Eine Gemeinheit,* ihren ersten Roman, erhielt sie 1998 den Preis der Robert-Walser-Stiftung in Biel.

NF 215/1/5.00